Elizabeth Subercaseaux
Eine fast perfekte Affäre

D1984666

PIPER

Zu diesem Buch

»Einmal hatte sie zu ihm gesagt, Frauen seien vollkommen unfähig, ein Geheimnis für sich zu behalten, vor allem wenn ein Mann im Spiel sei.« Amalia Griffin, Ehefrau eines reichen Geschäftsmanns, steht in der Mitte ihres Lebens, als sie Juan Manuel Rementería, einem der einflussreichsten Richter des Landes, in Santiago de Chile zum ersten Mal begegnet. Beeindruckt von seinem Charme und seiner Klugheit, beginnt sie eine geheime Affäre mit ihm. Selbst ihrer besten Freundin Teresa Lagos gibt sie die Identität des Geliebten nicht preis. Sechs Jahre später ist Amalia Griffin tot. Erschossen beim Golfspiel am frühen Morgen. Eine Tat, die mit dem Journalisten Samuel Cooper auch einen unfreiwilligen Zeugen in Mitleidenschaft zieht, der seine eigenen Geheimnisse hat. Ganz zu schweigen von Rementería selbst, der hinter der Fassade seines eleganten Äußeren schon längst ein abgründiges Doppelleben führt ...

Elizabeth Subercaseaux, geboren 1945 in Chile, ist die Urenkelin von Robert und Clara Schumann. Mit zweiundzwanzig Jahren zog sie nach Spanien, wo sie ihre journalistische Karriere begann. 1975 kehrte sie nach Chile zurück und arbeitete dort während der Pinochet-Diktatur siebzehn Jahre lang als Journalistin im Untergrund. Heute lebt sie als Bestsellerautorin in Chile. »Eine Woche in Oktober« ist das erste ihrer Bücher, das auf Deutsch erschienen ist. Ihm folgte der Roman »Eine fast perfekte Affäre«.

Elizabeth Subercaseaux

Eine fast perfekte Affäre

Roman

Aus dem Spanischen von
Maria Hoffmann-Dartevelle

'12/2277

Gemeinde Lehre
Bücherei Lehre
Marktstraße 10
381[illegible] Lehre

Piper München Zürich

Mehr über unsere Autoren und Bücher:
www.piper.de

Von Elizabeth Subercaseaux liegen bei Piper vor:
Eine Woche im Oktober
Eine fast perfekte Affäre

FSC
Mix
Produktgruppe aus vorbildlich bewirtschafteten Wäldern und anderen kontrollierten Herkünften
www.fsc.org Zert.-Nr. GFA-COC-001223
© 1996 Forest Stewardship Council

Ungekürzte Taschenbuchausgabe
Oktober 2011
© 2003 Elizabeth Subercaseaux
Titel der argentinischen Originalausgabe:
»Un affaire casi perfecto«, Editorial Alfaguara, Buenos Aires
© der deutschsprachigen Ausgabe:
2010 Piper Verlag GmbH, München
erschienen im Verlagsprogramm Pendo
Umschlag: semper smile, Werbeagentur GmbH, München
Umschlagmotiv: Nelumbo nucifera, anonym, ca. 1820, Natural History Museum, London; Jan van Kessel, Insekten und Reptilien, 1660
Satz: Fotosatz Amann, Aichstetten
Papier: Munken Print von Arctic Paper Munkedals AB, Schweden
Druck und Bindung: CPI – Clausen & Bosse, Leck
Printed in Germany ISBN 978-3-492-27224-7

Um acht Uhr abends kehrte er heim und betrat sein Haus wie ein Dieb, der fürchtet, jemanden zu wecken. Dabei gab es dort niemanden, den er hätte wecken können. Die Katze war tot, und die Kanarienvögel schliefen draußen im Hof unterm Feigenbaum. Als er die Tür hinter sich schloss, durchströmte ihn eine Welle der Erleichterung, und er blieb eine Weile stehen, mit dem Rücken an die Wand gelehnt. Einen winzigen Moment lang gab es die Tragödie nicht, doch dann war alles wieder da. Amalias starre Augen. Und das goldglänzende Blut. Nie hätte er gedacht, dass Blut so glänzen kann. Er schloss die Lider und verharrte einige Sekunden reglos, auf das Flattern seines Herzens lauschend. Was hätte er dafür gegeben, morgens krank aufgewacht und im Bett geblieben zu sein. Aber so war es nicht gewesen. Er war an diesem Tag im Morgengrauen aufgestanden, war um halb acht zum Golfclub gefahren und hatte die unscharfe Linie zwischen der Welt derer, die töten, und der Welt der anderen überschritten.

Wie ein Roboter hängte er seinen Mantel in den Schrank. Dann ging er ins Bad und wusch sich die Hände. Als er in den Spiegel schaute, warf ihm der Silberbelag ein müdes Gesicht zurück. Müdigkeit sah er und sonst nichts. Er ging ins Schlafzimmer und legte sich auf das alte Messingbett. Eine Weile starrte er an die Decke. Er wollte schlafen, den Journalisten und alles, was geschehen war, vergessen, aber sein von Bildern überquellender Geist gab ihm keine Ruhe. Wie oft hatte er mit Amalia in diesem Bett gelegen, ein Buch gelesen oder der Stille des Nachmittags gelauscht, oder sie hatten über die Abenteuer ihres Onkels Floro und dessen Leidenschaft für griechische Mythologie geredet. In der Brokatdecke hingen noch Spuren ihres Parfums.

So durchlebte er in den folgenden beiden Stunden noch einmal die morgendlichen Ereignisse, von dem Moment, als er um sechs Uhr früh aufgestanden war, bis zu jenem im Gericht, als der Journalist sein Büro betreten hatte.

Es war ein klarer Morgen. Hinter den grünen Hügeln erhob sich das Felsmassiv der Kordillere wie eine steinerne Taube, und unten tauchte Santiago auf, gehüllt in ein vom Regen reingewaschenes Licht, strahlend und in friedlicher Stille. Um kurz vor acht parkte er in der Calle Luz, lief einige Meter zurück und kroch durch ein Loch im Zaun, das er und Amalia zu einer Zeit entdeckt hatten, die er lieber vergessen wollte. Der Golfplatz war noch feucht vom morgendlichen Tau. Der Ort wirkte düster, noch immer dunkel, noch hatte sich die Nacht nicht ganz aus den Zweigen gelöst. Es roch nach Gras und feuchter Erde. Amalia musste in der Nähe von Loch achtzehn sein. Sie würde staunen, wenn er plötzlich vor ihr stand, denn sie hatten sich den ganzen Monat nicht gesehen. Zwar hatten sie fast täglich telefoniert, aber Amalia hatte sich geweigert, ihn zu treffen.

»Bitte, Amalia, fünf Minuten«, hatte er sie angefleht, »nur fünf Minuten, sagen Sie nicht, Sie haben keine fünf Minuten Zeit für mich.«

Und sie:

»Es hat keinen Sinn, dass wir uns sehen, Juan Manuel, nicht jetzt, es würde alles nur noch schlimmer machen.« Sie hatte mit ihm geredet, als sei sich zu verabschieden eine bloße Belanglosigkeit, eine fieberlose Erkältung, ein Mückenstich am Bein. »Nimm es nicht so schwer. Das Letzte, was ich will, ist, dir wehzutun, versuch bitte, das zu verstehen … so etwas kommt eben vor.«

Natürlich kam so etwas vor! Es kamen noch ganz andere Dinge vor. Er hatte diese Stimme gehasst, diese abgedroschenen Phrasen. »Es geht um uns beide, Amalia!«, hatte er sie bei jenem letzten Mal im Restaurant angeschrien. »Ich bin doch nicht irgendjemand, mit dem Sie sich irgendwann mal auf einen Kaffee getroffen haben. Schauen Sie mich an!«, hatte er befohlen, und sie hatte ihn verunsichert und ängstlich angesehen. Damals hatte er eines Nachts geträumt, er würde sie duzen – in den sechs Jahren, die sie zusammen gewesen waren, hatte er nie Du zu ihr gesagt. »Ich bitte dich! Tu mir das nicht an!« Und sie war gegangen, ohne ein einziges Wort.

»Ich bitte Sie«, sagte er später am Telefon zu ihr und spürte, wie die Verzweiflung sich in seiner Kehle staute. »Ich muss Sie sehen, in Ihrer Nähe sein, ich kann nicht am Telefon darüber sprechen, ich hole Sie ab, und wir trinken einen Kaffee. Nur fünf Minuten, ich bitte Sie!«

»Nein!«, fiel Amalia ihm ins Wort. »Bitte gib endlich Ruhe.«

Was ihm am meisten wehtat, war das Gefühl, dass jetzt Hass wohnte, wo früher Liebe gewesen war. *In der Liebe muss auch Platz sein für Hass,* hatte er irgendwo gelesen, aber was tun, wenn der Hass nach und nach von allem Besitz ergriff? Natürlich kam so etwas vor, und nicht nur bei anderen, diesmal erwischte es ihn. Und es war grauenhaft, die Tür vor der Nase zugeschlagen zu bekommen. Die bloße Vorstellung, jeden Montag, Dienstag, Mittwoch, Donnerstag, Freitag in der Gewissheit zu verbringen, dass sie mit einem anderen zusammen war, in einer Kneipe im Stadtzentrum oder am Lago Ranco, dass sie mit ihm über dieselben Dinge plauderte, ihm von ihren Kindheitsspielen mit Onkel Floro und von ihrer Freundin Teresa erzählte, während der andere ihr fasziniert lauschte, sie mit den Augen verschlang, genauso wie er selbst es vor ihm getan hatte ... Schon die Vorstellung, dazu verdammt zu sein, sich Tag und Nacht auszumalen, wie sie die Stunden mit einem anderen genoss, war unerträglich. Er musste begreifen, wie es so weit gekommen war, wer dieser andere war, sechs Jahre waren doch nicht einfach vorbei wie ein abgelaufener Vertrag.

»Amalia, bitte lassen Sie uns reden«, flehte er sie immer wieder an, doch es war zwecklos.

Aber jetzt würde sie ihn sehen.

Er ging auf eines der letzten Löcher des Golfplatzes zu, überzeugt, sie dort anzutreffen, und da stand sie, vornübergebeugt, das braune Haar über der Stirn, und maß mit der Hand die Zentimeter zwischen dem Loch und dem kleinen

Ball ab. Er kam von hinten auf sie zu. Amalia drehte sich um, Verwunderung huschte über ihr Gesicht. Sie zog die Augenbrauen hoch. Sie bewegte die Lippen. Hatte sie etwas gesagt? Sie konnte nichts gesagt haben, dazu hatte sie keine Zeit. Er hob die Hand und schoss. Es ging schnell und leicht, entsetzlich leicht. Eine Sekunde lang trübte ein Schauder des Entsetzens seine Erinnerung, dann sah er sie wieder wie in einem flüchtigen Traum. Wie zerbrechlich war doch die Existenz, wie nichtig. Ein Schlag auf den Kopf, eine in den Körper eindringende Kugel, ein winziger Sekundenbruchteil, und das Leben erlischt wie ein ausgehendes Licht. Amalia sackte zu Boden, langsam, bis sie mit offenen Augen im Gras lag. Er sah das Blut hervorschießen und spürte, wie er in eine unbekannte Welt vorstieß, die er nie mehr verlassen würde. Er hatte auf sie geschossen, ohne zu zaudern, als wäre sein Leben ein einziger, langer Weg bis zu diesem Augenblick gewesen, in dem Amalia zu Boden fiel wie ein abgeschossener Vogel. Was folgte, waren mechanische Gesten: Er ging den Weg zurück, den er gekommen war, kroch wieder unter dem Zaun hindurch, sprang mit einem Satz auf die Füße und blickte zu beiden Seiten die Straße entlang. Nirgends eine Menschenseele, niemand hatte ihn gesehen, fast alle Fenster, auch die in dem einzigen Hochhaus dieses Häuserblocks, waren dunkel geblieben. Er stieg ins Auto und zündete sich die letzte Zigarette an, die er noch hatte. Verzweifelt sog er den Rauch ein und fuhr in Richtung Uferstraße. Hinter der ersten Brücke bog er nach Pedro de Valdivia Norte ab und parkte an einer Tankstelle. Er ging zur Brücke zurück und warf die Pistole und die leere Zigarettenschachtel in den Fluss. Die Schachtel schwamm davon wie ein Papierschiffchen, während die Waffe im schmutzigen Wasser versank.

Das war alles.

Eine Weile blieb er dort stehen, den Blick in der Strömung verloren, dann machte er kehrt und lief mit großen Schritten zur Tankstelle zurück. Alles geschah wie im Traum, im verschwommenen Licht der Träume. Er stieg in seinen Wagen, ließ den Motor an und fuhr los, Richtung Zentrum. Hinter der Pedro-de-Valdivia-Brücke wurde ihm langsam das Makabere am soeben Erlebten bewusst, die hängenden Zweige, die Tautropfen, seine Fußspuren im frisch gemähten Rasen, Amalias Haar über der Stirn, der trockene, harte Knall und das Aufleuchten ihrer erschrockenen Augen. Eine rote Ampel zwang ihn zu bremsen. Es wurde grün, doch in dem dichten Verkehr kam sein Wagen nur mühsam voran. Der Termin mit dem Journalisten war um neun. Er musste ruhiger werden, unbedingt, in diesem Zustand konnte er kein Interview geben, seine Beine zitterten, und die kribbelnden Hände brannten. Einen Häuserblock weiter hielt ihn erneut eine rote Ampel auf. Neugierig beobachtete ihn ein älterer Herr aus einem Wagenfenster. Hatte er ihn womöglich erkannt? Erstaunlich wäre es nicht, denn seitdem die Affäre um den Bauminister in aller Munde war, tauchte sein Gesicht fast täglich in den Fernsehnachrichten auf. An der juristischen Fakultät musste er ein letztes Mal bei Rot halten und fühlte sich erneut von jemandem beobachtet. Ihm war, als verdüsterten sich die Züge des Fremden. Von jetzt an würde es immer so sein. Die Leute würden hinter seinem Rücken tuscheln: Da ist er, guck mal, er ist es, wer hätte das gedacht. Panik schnürte ihm die Kehle zu. Aber es gab keinen Weg zurück. Er hatte die Welt derer verlassen, die sorglos erwachten und mit zufriedenem Gesicht die Küstenstraße entlangfuhren, Radio Cooperativa hörten und die erste Zigarette des Tages rauchten.

Ein paar Minuten vor neun kam er im Gericht an und fuhr in dem ächzenden Käfig, den er die letzten zwanzig Jahre benutzt hatte, zu seinem Büro hinauf. Unerträglich langsam zogen die Stockwerke an ihm vorbei … vier … fünf … sechs.

Der alte Ernesto las Zeitung, seine Tasse Tee in Reichweite. Er erinnerte sich nicht, seinen Sekretär in den zwanzig Jahren ihrer Zusammenarbeit auch nur ein einziges Mal ohne seine Tasse Tee gesehen zu haben. Als Ernesto ihn hereinkommen sah, zog er seine Krawatte zurecht, reckte den Hals und legte beide Hände nebeneinander auf den Schreibtisch wie ein artiger Schüler, der auf die erste Frage des Lehrers wartet. Seine Hände waren von Arthritis verformt, sie erinnerten ihn an die seines Großvaters, doch war das die einzige Ähnlichkeit zwischen den beiden, denn niemand glich seinem Großvater weniger als dieser liebenswürdige alte Mann.

»Guten Morgen, Ernesto. Ist Samuel Cooper schon da?«

»Noch nicht, Don Juan Manuel, es ist fünf vor neun, er muss gleich kommen«, antwortete der kleine Mann mit einem Blick auf die goldene Uhr, die er mit einer reflexartigen Geste aus der Tasche gezogen hatte.

Juan Manuel überflog die Schlagzeilen und verspürte dabei eine vage Beklemmung. Nie wieder würde er sie lesen können, ohne zusammenzuzucken. Im dunklen Vorraum hängte er seinen Mantel an den Kleiderständer, betrat sein Büro und schloss die Tür. Er setzte sich in den englischen Sessel, den Amalia ihm einmal zu Weihnachten geschenkt hatte, und wartete.

Zehn Minuten später meldete Ernesto die Ankunft des Journalisten, und fast gleichzeitig ging die Tür auf.

TERESA

Groß und schlaksig sah sie aus, als sie so auf mich zugelaufen kam. Mit ihren langen Beinen glich sie einem Flamingo. Bei mir angekommen, musterte sie mich von oben bis unten, als wolle sie mit Blicken die Richtigkeit (oder den Irrtum) ihrer Wahl ermessen. Wie Don Quijote und Sancho Pansa müssen wir ausgesehen haben, die eine hoch aufgeschossen, die andere klein und pummelig.

»Wie heißt du?«, fragte sie.

»Teresa. Und du?«

»Amalia Griffin«, sagte sie. »Mein Großvater war Ire. Er ist in einer Grafschaft geboren, die Kerry heißt. Und wo ist deiner geboren?«

»Keine Ahnung«, sagte ich, »ich nehme an, hier in Santiago.«

Wir waren zehn Jahre alt und standen auf dem Schulhof. Es war der erste Schultag. Man hatte uns in dieselbe Klasse eingeteilt. »Die Mädchen in der rechten Schlange gehen in Raum 5 S. T.«, hatte Schwester Cecilia gesagt.

»S. T. heißt Santa Teresa, einer Nonne zu Ehren, die vor zwanzig Jahren an Krebs gestorben ist«, flüsterte meine neue Freundin mir ins Ohr. »Mein Onkel Floro sagt, Nonnen kriegen Krebs, weil sie keinen Mann haben. Findest du das nicht furchtbar?«

»Doch, ganz furchtbar«, sagte ich und sah mir ihr Gesicht zum ersten Mal genauer an. Es war von Sommersprossen übersät, und in ihren dunkelgrünen Augen schimmerten reizvolle kleine, helle Flecken. Volles, braunes Haar fiel ihr in dichten Wellen bis knapp über die Taille. Sie hatte einen großen, breiten Mund mit aufgeworfenen Lippen. Ihre griechische Nase verlieh dem Gesicht Charakter. Sie war so schön, dass man kaum den Blick von ihr wenden mochte.

»Der Klassenraum heißt wie du«, sagte sie. Dann fragte sie lachend: »Bist du sehr heilig?«

»Kein bisschen. Und du?«

»Oh, garantiert noch viel weniger!«, lächelte sie. »Ich kann dir ja mal meine Zeichnungen zeigen, dann siehst du, wie wenig heilig ich bin.«

Später zeigte sie mir ein Blatt Papier voll sonderbarer, monströser Gestalten.

»Gefällt dir das Bild?«

»Nicht besonders«, sagte ich.

»Ich habe es mit meinem Onkel Floro gemalt. Das hier ist der Satyr Marsyas im Wettstreit mit Apollon. Das ist die Flöte des Satyrs, und das da ist Apollon, der auf seiner Leier spielt. Weißt du, was sie gerade machen? Sie tragen einen musikalischen Wettstreit aus. Siehst du? Und das hier ist das Publikum, es besteht aus Satyrn und Nymphen, und das da sind die Musen.«

»Hast du noch mehr solche Zeichnungen?«, fragte ich sie.

»Wir haben Tausende. Mein Onkel Floro zeichnet sehr gut und hat unheimlich Ahnung von griechischen Göttern. Mein Onkel malt sich die Lippen rot an«, fügte sie hinzu.

»Und er ist ein Mann?«

»Klar! Wieso sollte er eine Frau sein? Er heißt doch Floro. Er ist ein Mann, aber er malt sich trotzdem die Lippen an. Er sagt, er tut das, weil es ihm gefällt, aber meine Tante Herminia sagt, Tunten malen sich nun mal die Lippen an. Tante Herminia geht ihm ziemlich auf die Nerven, sie ist nicht nett zu ihm, deswegen mögen wir sie nicht.«

Ein paar Tage später lernte ich Onkel Floro kennen. Er war ein sanfter, gütiger Mensch. Und vollkommen vernarrt in die griechische Mythologie. Die Hälfte seiner Zeit verbrachte er damit, Bücher über die verschiedenen Götter zu lesen und von den wunderbaren Abenteuern der Graien und Gorgonen und anderer Fabelwesen zu erzählen. Mit Puppen spielte er fast noch lieber als wir. Er zog sie an, flocht ihnen Zöpfe und löste sie wieder, zog sie wieder um, bis er in den Patio ging und es sich mit einem Buch im Schaukelstuhl bequem machte, eine Puppe zu jeder Seite. Mit Puppen zu spielen kam für ihn dem Muttersein am nächsten, und uns wollte er dauernd eine Freude machen, bezirzte uns mit kleinen Aufmerksamkeiten, mit einer Rose aus dem Garten hinterm Haus, mit einem selbst ausgedachten Wiegenlied für die Puppen oder einer ausgefallenen Göttersage. Amalia und ich lauschten ihm entzückt. Von dieser unvergesslichen Persönlichkeit, dieser

Mischung aus Zauberkünstler und verrückter Nudel, wurde Amalias Geist geformt, als sie ein Kind war.

Amalia war viel größer als die anderen Mädchen, und obwohl sie deswegen Komplexe hatte, war sie sich ihrer Schönheit vollauf bewusst. Ich erinnere mich noch, wie sie mir einmal während des Spanischunterrichts ein Zettelchen zuschob, auf dem stand: »Es ist nicht kalt, es ist nicht warm, es ist Amalia.« Ich verstand kein Wort. Aber ich war ihre Spleens gewöhnt und nahm sie nicht sehr ernst. Als wir zusammen in die Pause gingen, fragte sie mich, ob ich ihre Botschaft verstanden hätte. »Nicht die Spur«, antwortete ich. »Das sagt Onkel Floro immer zu mir, wenn ich zu ihm in die Bibliothek komme«, sagte sie. »Und was soll es heißen?«, fragte ich. »Also, das erkläre ich dir. Immer wenn Federico García Lorca damals in Spanien, in der Zeit vor dem Bürgerkrieg, ein Lokal betrat oder einen Salon, in dem sich ein literarischer Zirkel versammelt hatte, wandelte sich die Atmosphäre schlagartig, der Raum füllte sich mit kleinen bezaubernden Teilchen, und alles Strenge und Spröde verschwand, und die Leute sagten, es ist nicht kalt, es ist nicht warm, es ist Federico. Findest du das nicht toll?« Was ich toll fand, war, dass sie an diesem Vergleich mit dem Dichter nichts Unbescheidenes zu finden schien.

Zwischen jenem ersten Schultag, an dem ich sie kennenlernte, und dem Dienstag ihres Todes, dreißig Jahre später, verging nicht eine Woche, in der wir uns nicht sahen oder miteinander telefonierten. Nun war sie tot, und daran war nichts mehr zu ändern.

Eines Nachmittags auf dem Heimweg vom Stadtzentrum, wo ich etwas hatte erledigen müssen, schaute ich bei Rafa im Büro vorbei. Er war einen Kaffee trinken gegangen. Also wartete ich auf ihn, in seinem Schweinestall, wie er sein Büro ohne die geringste Scham nannte. Er war wahnsinnig unordentlich. Ständig lagen in seinem Büro solche Unmengen von scheinbar nutzlosen Unterlagen herum, überall, auf den Zeichentischen, auf dem Fußboden, dass ich nie verstand, wie jemand es schaffte, dieses Chaos am Ende zu einem Gebäude zu ordnen, das nicht in sich zusammenstürzte. Diesmal fiel mir allerdings auf, wie sauber und ordentlich alles aussah. Nirgendwo flogen Unterlagen herum. Dafür lagen auf seinem Arbeitstisch, fein säuberlich angeordnet, lauter Zeitungsausschnitte über Amalias Tod. Sie schienen sich zu einer Art Puzzle zusammenzufügen, in dem nicht ein Teilchen fehlte. Der Anblick verblüffte mich.

»Wie ich sehe, bin ich nicht die Einzige, die ihr Tod nicht loslässt«, sagte ich zu ihm, als er zurückkam.

»Na ja, ihr Tod hat auch mich getroffen. Ich verstehe es einfach nicht, ich kann es nicht begreifen. Weißt du, dass ich Tage damit verbracht habe, diese Zeitungsausschnitte zu lesen, um zu sehen, ob mir irgendetwas auffällt, und dass ich einfach nichts finde? Es ist, als wäre Amalia an einem Herzinfarkt gestorben.«

»Ja, natürlich, an einem Herzinfarkt, ausgelöst durch eine Kugel, die ihr das Herz zerfetzt hat.« Ich muss wütend geklungen haben und war es auch, wütend und vollkommen verzweifelt, weil sich alles so sonderbar gewendet hatte.

»Ich kann nicht verstehen, wieso es offenbar ganz leicht ist, einen Menschen zu töten und dann einfach zu verschwinden, ohne die geringsten Spuren zu hinterlassen«, fuhr Rafa fort. »Mir kommt es fast vor, als wäre der Täter einem fernen Traum entstiegen, um sie zu töten, und gleich nach dem Mord wieder darin untergetaucht. Das perfekte Verbrechen gibt es nicht, das wissen wir alle, aber in diesem Fall …«

»Das hier ist kein perfektes Verbrechen, Rafa! Nie und nimmer! Es ist ein Verbrechen wie jedes andere. Ich habe nur das Gefühl, alle suchen an der falschen Stelle. Es ist absurd, dass keiner sich mit der Tatsache befasst, dass Amalia einen Liebhaber hatte. Wenn ich Kommissar wäre, würde ich als Allererstes versuchen, Amalias Liebhaber ausfindig zu machen.«

»Und warum gehst du nicht zur Polizei und sagst ihnen, was du über ihren Liebhaber weißt, statt dich über andere zu ärgern, weil sie ihre Arbeit nicht richtig machen?«

»Aber ich weiß doch nicht mal, wer er ist!« Ich sah ihn mit einem jener Blicke an, von denen ich wusste, dass sie ihn rasend machten, und ging.

DER JOURNALIST

Am Morgen des Verbrechens erwachte ich unruhig. Ich hatte geträumt, an unserer Straßenecke hätte sich ein Verkehrsunfall ereignet. Im Traum schaute ich vom Balkon auf die Straße hinunter und sah Francisco neben einem schwer beschädigten Auto am Boden liegen. Ich war zutiefst erleichtert, als ich ihn neben mir schlafen sah, als hätte er noch die ganze Nacht vor sich. Glücklicher Francisco, sorglos wie ein Neugeborenes. Ich liebte es, wie er schlief, ohne zu schnarchen, ohne sich von seiner Bettseite wegzubewegen, gleichmäßig und lautlos atmend. Wie konnte er nur so hingegossen, so entspannt und zufrieden schlafen? Ich strich ihm über sein blondes Haar und küsste ihn sanft auf die Wange.

»Wir sehen uns dann nächsten Montag«, flüsterte ich und sprang aus dem Bett.

Der Traum hatte mich beunruhigt. Auf der Kommode lag das Fernglas, das ich Francisco zum Geburtstag geschenkt hatte. Ich nahm es und ging auf den Balkon, und als ich es auf die Straßenecke richtete, gleichsam um mich zu vergewissern, dass auch wirklich kein Unfall passiert war, sah ich gegenüber auf dem Bürgersteig etwas, was mich stutzig machte. Ein Mann kroch mühevoll durch ein Loch im Zaun des Golfclubs. An sich wäre das nichts Besonderes gewesen, hätte nicht die Bekleidung des Mannes ganz und gar nicht zu dem gepasst, was er tat. Er trug eine dunkelblaue Hose und einen cremefarbenen Kamelhaarmantel. Ein höchst sonderbarer Anblick. Wer kroch denn in einem solchen Aufzug über den Boden? War ihm vielleicht etwas hinuntergefallen? Ich drehte an dem Rädchen des Fernglases, um es schärfer zu stellen. In dem Augenblick stand er auf, klopfte sich die Hose ab, schaute sich zu beiden Seiten um und ging eiligen Schrittes nach Süden, in Richtung Calle Luz. Da erkannte ich ihn, und der Schreck fuhr mir in alle Glieder. Es war Rementería, der Richter. Ich spürte, wie mir ein Schauer über die Arme lief. Wie sonderbar, was für ein merkwürdiger Zufall! Ausgerechnet mit ihm war ich in einer Stunde verabredet. »Um neun in meinem Büro im Gericht«, hatte er zu mir gesagt. Was tat er hier, wieso kroch er um diese morgendliche Stunde auf allen vieren unter dem Drahtzaun des Clubs hindurch wie ein Hühnerdieb?

Ich kehrte wieder ins Zimmer zurück und setzte mich auf die Bettkante. Es tat mir zwar leid, Francisco zu wecken, aber ich wollte nicht gehen, ohne ihm davon zu erzählen.

»Was ist los?« Francisco dehnte sich und streckte die Arme in die Luft wie jemand, der sich von einem Baum herunterlässt. »Bist du verrückt? Weißt du, wie spät es ist! Du nervst! Und ich habe gerade von dir geträumt.«

»Tut mir leid, du Langschläfer, ich konnte nicht gehen, ohne dir zu erzählen, was ich eben gesehen habe.«

»Um acht Uhr morgens?«, brummte Francisco. »Aber du bist doch noch im Pyjama, du hast noch nicht mal geduscht. Weck mich noch mal, wenn du aus der Dusche kommst.«

»Nein! Ich meine es ernst. Ich habe gerade etwas Unglaubliches erlebt. Ich stehe auf dem Balkon und schaue durchs Fernglas, und da sehe ich zufällig, wie mein heutiger Interviewpartner Rementería auf der anderen Straßenseite durch ein Loch im Zaun des Golfclubs kriecht.«

»Und was ist daran so sonderbar?«

»Findest du es etwa normal, dass ein Richter vom Obersten Gerichtshof um acht Uhr morgens einen Golfclub verlässt, indem er auf allen vieren unter dem Zaun hindurchkriecht?«

»Na ja … die Richter vom Obersten Gerichtshof waren noch nie normale Menschen«, lachte er.

»Lass den Quatsch, ich meine es ernst. Warum hat er den Platz auf dieser Seite verlassen, durch ein Loch im Zaun, warum nicht durch den Haupteingang? Und dann noch um acht Uhr morgens! Ist dir nicht klar, wie sonderbar das ist? Als er sich vergewissert hatte, dass niemand ihn beobachtete, ist er zu seinem Auto gegangen und verschwunden. Mit einem Gesicht! Du hättest ihn sehen sollen.«

»Meinst du den Richter, der in letzter Zeit immer in den Nachrichten ist?«

»Ich habe ihn sofort wiedererkannt … Sieh mich doch nicht so an, er war es wirklich! Ich habe ihn tausendmal in der Zeitung gesehen, ich habe mir seine Vorträge angehört. Es war Juan Manuel Rementería, todsicher. Findest du das nicht absolut seltsam?«

Als Francisco merkte, dass die Geschichte kein Scherz war, veränderte sich seine Miene.

»Im Ernst? Du hast gesehen, wie dieser Richter, dieser Rementería, auf allen vieren den Golfplatz verlassen hat? Hmmm ... Du hast recht, ein bisschen sonderbar ist das schon. Es muss einen guten Grund dafür geben, dass er um diese Zeit auf dem Golfplatz herumläuft. Aber mach dir mal nicht zu viele Gedanken. Es kann alles Mögliche dahinterstecken. Niemand ist verpflichtet, einen Ort durch den Haupteingang zu betreten und ihn auch auf demselben Weg wieder zu verlassen. Die schönsten Dinge im Leben macht man doch, indem man irgendwo durch die Seitentür oder durchs Fenster einsteigt und übers Dach wieder verschwindet«, sagte Francisco und erlöste mich mit seinem Lachen aus meiner Anspannung. Dieses schallende Lachen ohne jede Angst war es, was mich drei Jahre zuvor im Saal des Presseclubs veranlasst hatte, den Kopf nach ihm umzudrehen. Und so war ich seinem Blick begegnet, der vom anderen Ende des großen Raumes aus geradewegs auf meine Augen gerichtet war, so als hätte er einzig und allein für mich gelacht.

»Blödmann«, flüsterte ich und küsste ihn auf die Stirn.

Ich ging unter die Dusche, konnte die innere Unruhe aber nicht abschütteln. Wer kommt schon auf die Idee, so elegant gekleidet über einen Golfplatz zu spazieren und unter einem Maschendrahtzaun hindurchzukriechen. Am naheliegendsten erschien mir die Vermutung, dass er vor irgendetwas geflüchtet war, nach seinem Gesichtsausdruck zu urteilen, vor etwas Schrecklichem. Er hatte dreingeschaut wie jemand, der gerade einen Erhängten gesehen hat.

»Frag ihn doch. Und dann ruf mich an und erzähl mir, was passiert ist. Jetzt hast du mich auch neugierig gemacht!«, rief Francisco vom Schlafzimmer aus, als ich schon an der Tür stand.

Mein geliebter Francisco ... Frag ihn doch, und dann ruf an und erzähl mir ... Er glaubte doch wohl nicht im Ernst, ich würde den Richter fragen, warum er um acht Uhr morgens auf allen vieren vom Golfplatz geflüchtet war! Für wie naiv hielt er mich? Gar nichts zu sagen erschien mir das Vernünftigste. Schließlich wollte ich dem Richter nicht unbedingt einen Anlass geben, mich zu fragen, was ich um diese Zeit im zehnten Stock dieses Hauses verloren hatte. Hatte ich ihm nicht gesagt, mein Flugzeug würde um acht Uhr morgens in Santiago landen? Es wäre also sehr unvorsichtig, ihn nach diesem kuriosen Vorfall zu fragen.

Heute sage ich mir, dass es eigentlich gar nicht unvorsichtig gewesen wäre, denn ich hätte ihm ja nur zu erklären brauchen, die Besprechung in Concepción sei verschoben worden. Aus Angst denkt man immer gleich an das Schlimmste, und meine wöchentlichen Treffen mit Francisco hütete ich wie einen kostbaren Schatz. Ich war noch nicht so weit, Dolores und die Welt mit meinem Drama zu konfrontieren, ich hatte das Gefühl, mit einem solchen Schritt mein Leben über Bord zu werfen. Nicht einmal die aufrichtige, innige Liebe, die Francisco und ich füreinander empfanden, gab mir die Kraft dazu. Mein Gewissen ließ mir keine Ruhe, ich litt permanent darunter, alle Welt belügen zu müssen. Jedenfalls stand ich jeden Dienstag, wenn ich die Wohnungstür zuzog und Francisco im Bett zurückließ, wo er sich noch eine Weile herumräkelte – er musste erst viel später im Sender sein –, vor demselben Dilemma. Wie sollte ich erklären, dass meine Beziehung zu Francisco so schön war wie die schönste Beziehung zwischen zwei Heteros und genau so würdig wie meine eheliche Beziehung zu Dolores? Wie konnte ich sagen, ohne jemanden zu verletzen, dass es bei mir nicht um den klassischen Widerspruch zwischen ehelicher Liebe und außerehelicher Erotik ging, sondern um eine starke, aufrichtige Liebe? Würden die Vertreter konservativer Sexualmoral so etwas verstehen? Ich empfand große Zuneigung zu Dolores, ich vergötterte meine Kinder, aber Francisco liebte ich aus tiefstem Herzen. Die beiden Beziehungen waren grundverschieden, zwei Welten, die sich nicht mit demselben Maß messen ließen. Und ich fühlte mich unfähig, der Gesellschaft mit dem Schild »bekennender Homosexueller« auf der Brust gegenüberzutreten.

Ich stieg in mein Auto, das ich neben Franciscos Bus geparkt hatte, und mit einem Stein im Magen fuhr ich ins Zentrum.

Seit der Skandal um das Bauministerium die Öffentlichkeit beschäftigte, bekniete mich Alicia, die für den Justizbereich zuständige Redakteurin, immer wieder, ihr das Interview mit Rementería zu überlassen. Und jedes Mal verschob ich die Entscheidung mit einer neuen Ausrede: Zurzeit gebe es nichts Interessantes über den Richter zu schreiben, wir hätten doch kürzlich schon die Richterin

Soundso interviewt, außerdem wäre das sowieso bloße Zeitverschwendung, da Richter wegen ihrer Verschwiegenheitspflicht nie frei sprechen könnten. In Wahrheit aber wollte ich ihn selbst interviewen. Etwas an ihm fesselte und beunruhigte mich jedes Mal, wenn ich sein Foto in der Zeitung sah, einen Artikel von ihm las oder ihn im Radio sprechen hörte. Er war intelligent, und mir gefiel die Art, wie er Probleme anging. Jedes Mal, wenn eine landesweite Debatte ausbrach, in der die Meinung eines hochkarätigen Intellektuellen gefragt war, wandte man sich an ihn. Ich wollte herausfinden, was sich hinter der öffentlichen Person verbarg. Ich war sehr gespannt darauf, ihn in einem nicht öffentlichen Rahmen zu erleben. Auch faszinierten mich sein kantiges Gesicht und sein rätselhafter Blick, aber nicht nur sein attraktives Äußeres beeindruckte mich. Mich hatte immer schon die Art und Weise überrascht, wie er seine Ansichten formulierte. Er drückte sich vornehm und gewählt aus. Er war gebildet und betrachtete die Dinge stets auf ganz eigene Weise, besaß nicht die typischen Scheuklappen der Juristen, für die zwei mal zwei immer vier sein werden. Er war viel aufgeschlossener als sie, und er argumentierte wie ein Visionär. Vor einiger Zeit hatte ich mir einmal bei Gericht einen seiner Vorträge über Ethik angehört und war begeistert gewesen. Die Hälfte seiner Rede hatte sich darum gedreht, wie sein Großvater die Arbeiter auf seinem Landgut mittels übler Arbeitsverträge übers Ohr gehauen hatte. Er war ungeheuer wortgewandt. Einige Zuhörer verdrückten sogar ein paar Tränen. Wie gern wollte ich mehr über sein Privatleben erfahren, das Haus sehen, in dem er wohnte, die Bücher in seinem Wohnzimmer, hören, wie er seine Sonntage verbrachte. Dann kam die Betrugsaffäre im Bauministerium, und der Richter erklärte sich bereit, mit *El Tiempo* zu sprechen, nicht zuletzt weil der Zeitungsdirektor einen Schwager hatte, der mit ihm befreundet war. Es war das erste Mal, dass er ein Interview gab. Er war ein sehr zurückhaltender Mensch, man wusste nur wenig über sein Privatleben, und es kursierten alle möglichen Geschichten über ihn. Jemand hatte mir einmal gesagt, er sei ein schrulliger Junggeselle, der in einem alten Haus in Ñuñoa wohne, mit einem Käfig voller Kanarienvögel. Von jemand anderem hatte ich gehört, dass er gern Hotdogs ohne Würstchen aß. Verrückte Idee! Angeblich ging er in der Mittagspause in das Café an der Ecke, und sobald die Kellner ihn kommen sahen, stritten sie sich, wer ihm das typische längliche Hotdog-Brötchen mit Senf, aber ohne Würstchen, bringen durfte. Bei den Anwälten genoss er einen ausgezeichneten Ruf. Es hieß, er sei einer der ganz wenigen untadeligen, unbestechlichen Richter, ein »Ehrenmann«. Ich war nie ganz dahintergekommen, was es hieß, ein »Ehrenmann« zu sein, aber vielleicht plapperten die Leute auch nur gedankenlos ein Klischee nach. Genau das jedenfalls wurde über ihn gesagt. Überdies wusste man, dass er dem Präsidenten sehr nahestand. Die beiden waren Jugendfreunde. Doch der Richter hielt diese Freundschaft stets aus seinen öffentlichen Auftritten heraus; man sah die beiden nie gemeinsam auf Fotos, »und niemals würde er diese Beziehung zu seinem eigenen Vorteil nutzen«, hatte mir kürzlich ein anderer Verehrer des Richters gesagt. Eines stand fest: Er war kein gewöhnlicher Mensch. Dazu kam, dass er sich stets mit einer Eleganz kleidete, die für Männer aus Santiago eher untypisch war, von mir selbst ganz zu schweigen, ich laufe immer in den letzten Klamotten herum. Ich hatte irgendwann einmal gehört, er sei steinreich, er habe von seinem Großvater ein Vermögen geerbt und ein weiteres von seinem Vater sowie vom zweiten Ehemann seiner Mutter. Sein Vater war unter merkwürdigen Umständen ums Leben gekommen. Damals hatte es geheißen, er sei von einem seiner Partner ermordet worden. Ein Grund mehr, ihn interviewen zu wollen. Als sein Sekretär sich mit meiner Zeitung in Verbindung setzte, um uns mitzuteilen, dass der Richter zu einem Interview bereit sei und ich ihn anrufen solle, um mit ihm persönlich Datum und Uhrzeit auszumachen, beschloss ich, nicht Alicia hinzuschicken, sondern die Sache selbst zu übernehmen.

Von dem Moment an, als ich ihn den Golfplatz verlassen sah, verfolgte mich eine böse Ahnung, und als ich eine Stunde später sein elegantes, etwas düsteres Büro mit den schweren Samtvorhängen betrat, der Richter sich abrupt von seinem englischen Stuhl erhob und ich in sein blasses, abgezehrtes Gesicht blickte, das aussah, als hätte er die ganze Nacht nicht geschlafen, erfasste mich eine unbestimmte Furcht. Ein kurzer Blick bestätigte mir, dass offenbar alles stimmte, was über seinen Reichtum gesagt wurde. Man brauchte ihn sich nur anzuschauen. Sein Auftreten war das eines Mannes, der eine hervorragende Erziehung genossen und dem es nie an Geld gefehlt hatte. Er besaß die unverwechselbare Eleganz eines Grandseigneur. Sein Anzug war aus feinstem Stoff maßgeschneidert. Er trug eine blaue Krawatte mit hauchzarten roten Streifen. Seinem immer noch jugendlichen Körper, an dem nicht ein Gramm Fett zu viel saß, waren seine gut fünfzig Jahre nicht anzusehen. Er hatte einen makellosen, langen, straffen Hals, und sein kantiges Gesicht mit den wenigen Falten wirkte ungemein anziehend. Aber all das vermochte nicht das Unbehagen zu verbergen, das ihm aus allen Poren drang. Ich hatte noch keine Frage gestellt und wusste doch bereits: Der Richter war verwundbar.

DER RICHTER

Er hatte Cooper zuerst ein Treffen um acht Uhr morgens in seinem Büro am Gericht vorgeschlagen. Das war früh, aber er wollte dieses Interview gern so schnell wie möglich hinter sich bringen. Cooper hatte ihm daraufhin erklärt, er müsse am Montag zur allwöchentlichen Redaktionskonferenz seiner Zeitung nach Concepción reisen und werde erst Dienstagmorgen um acht mit dem Flugzeug in Santiago eintreffen. Ob es ihm etwas ausmachen würde, den Termin auf neun Uhr zu verschieben? Er könne vom Flughafen aus direkt in sein Büro im Gericht kommen.

Und nun war der Journalist da. Er hätte ihn nicht empfangen sollen, er war nicht in der Verfassung für ein Interview, ihm war so übel, dass er befürchtete, sich übergeben zu müssen. Einen unglücklicheren Tag hätten wir uns nicht aussuchen können, dachte er und sah wieder Amalias starre Augen vor sich.

Cooper hatte angekündigt, er werde das Gespräch aufnehmen, wogegen an sich nichts zu sagen war, schließlich war das seine Arbeit. Trotzdem beschloss er, sich auch Notizen zu machen, denn aufgewühlt, wie er war, traute er sich selbst nicht über den Weg. Im Grunde hatte er weder die Kraft noch die nötige Geistesgegenwart, um sich auf ein Presseinterview zu konzentrieren. Und die Arbeit des Mannes, den er vor sich hatte, kannte er gut. Er gehörte nicht zu denen, die eine schwache Antwort durchgehen ließen.

»Wenn Sie wollen, können wir loslegen«, sagte der Journalist und fragte sogleich: »Sie sind auf dem Land groß geworden, nicht wahr?«

»Auf dem Landgut meines Großvaters, ja. Mein Vater starb, als ich sechs Jahre alt war. Vier Jahre nach seinem Tod sind wir nach Santiago gezogen. Bis dahin haben wir auf dem Land gelebt. Mein Vater war Senator in Cauquenes, wie Sie ja sicher wissen. Dort haben wir gelebt.«

»Der Tod Ihres Vaters muss traurig für Sie gewesen sein. Erzählen Sie mir von dieser Erfahrung.«

Er hatte das Gefühl, die Luft werde knapp.

»Erzählen Sie mir, was Sie empfunden haben, als Ihr Vater starb«, beharrte Cooper, »können Sie sich daran erinnern?«

Er erinnerte sich an alles. Daran, wie er mit Rita und Cochate, dem Arbeiter, der die Schmiede betrieb, in der Küche den Rosenkranz gebetet hatte. An das wächserne Gesicht seines auf dem Sofa liegenden Vaters. An den Nachmittag in der Kapelle, als er den unwiderstehlichen Drang verspürte, ins Schlafzimmer seiner Eltern zu gehen und eine Krawatte aus dem Schrank zu holen. Er wollte ein greifbares Andenken an seinen Vater behalten. Sein Großvater und seine Mutter beteten neben dem Sarg, und Rita schluchzte in einer Ecke der Kapelle. Im Haus war niemand. Er hörte Canelo wiehern, und dann senkte sich die Stille eines Januarnachmittags um vier Uhr herab. Heimlich, von Mutter und Großvater unbemerkt, schlüpfte er aus der Kapelle. Er betrat das Zimmer seines Vaters und öffnete den riesigen Schrank. Dort hingen die Krawatten, so wie sein Vater sie hinterlassen hatte, ordentlich aufgereiht, der Länge nach sortiert, so gut wie neu, weil er sie nie getragen hatte, nicht hier auf dem Land. Eine blaue mit roten Punkten fand er besonders hübsch. Er faltete sie vorsichtig, steckte sie in seine Jackentasche, verließ das Zimmer ebenso behutsam, wie er es betreten hatte, und kehrte zur Kapelle zurück. Niemand hatte seine Abwesenheit bemerkt. Er setzte sich neben seine Mutter und streichelte die Krawatte. Sie war weich und glitt sanft durch seine Finger. Die Berührung beschwichtigte ihn. Von da an schlief er nachts immer mit der Krawatte in der Hand.

»Ich erinnere mich an fast nichts mehr, was mit dem Tod meines Vaters zu tun hatte. Ich war damals noch zu klein.«

»Woran ist er denn gestorben?«

»Er war mit einem seiner Partner, der mit ihm auf unserem Landgut Urlaub machte, zur Jagd gegangen. Zunächst dachte man, aus dem Gewehr meines Vaters habe sich versehentlich ein Schuss gelöst, doch die Kugel, die man in seinem Körper fand, stammte aus dem Gewehr seines Partners. Die Geschichte war ziemlich undurchsichtig und wurde nie aufgeklärt. Sie stand damals in allen Zeitungen, da mein Vater eine öffentliche Person war.«

Warum fragte er danach? Wenn er sein Interview gut vorbereitet hatte, musste er die Geschichte doch kennen, sie war damals ein Skandal gewesen.

»Sonderbar«, sagte der Journalist.

»Was finden Sie sonderbar?«

»Dass der Tod Ihres Vaters nie aufgeklärt wurde.«

»Und warum finden Sie das so sonderbar? Tausende von Todesfällen werden nie aufgeklärt.«

Juan Manuel betrachtete ihn misstrauisch. Für gewöhnlich las er seine Artikel in *El Tiempo*. Er war ein guter Journalist, der eine ansehnliche Karriere vorzuweisen hatte. Gewiss war es nicht einfach gewesen, in dieser Zeitung zum Chefredakteur aufzusteigen. Er sah ihn heute zum ersten Mal und wunderte sich über sein unmögliches Aussehen, den zu großen Anzug, den schlecht geschnittenen Bart. Wie konnte der Chefredakteur einer der einflussreichsten Zeitungen des Landes nur in diesem Aufzug im Büro eines Richters des Obersten Gerichtshofs erscheinen?

Eine zähe halbe Stunde war vergangen, von langen Minuten des Schweigens unterbrochen. Wieder und wieder war die Unterhaltung versiegt. Er spürte, welch übermenschliche Anstrengung ihn dieses Interview kostete. Von Mal zu Mal wurde das Schweigen dichter und unangenehmer.

»Sie sind Jurist. Hat es Sie denn nicht gestört, dass der Tod Ihres Vaters nie aufgeklärt wurde?«

»Was hätte ich denn tun sollen? Ich war ja noch ein Kind, als mein Vater starb.«

»Ich meine, später, als Sie Jura studierten, als Sie Anwalt und schließlich Richter am Obersten Gericht wurden.

Haben Sie da nie versucht herauszufinden, was damals geschehen ist?«

»Sie fragen mich das, als sei es selbstverständlich, dass ein Richter stärker als andere daran interessiert ist herauszufinden, wie sein Vater ums Leben gekommen ist. Aber in diesem Fall ist doch der Beruf völlig belanglos! Meinen Sie nicht? Jeder will doch, wenn der eigene Vater stirbt, die Todesursache erfahren. Dafür braucht man nicht Anwalt zu sein. Aber um Ihre Frage zu beantworten: Nein, ich habe den Fall meines Vaters nie untersucht, seit damals ist einfach zu viel Zeit vergangen.« Das ist ja eine wahre Folter, dachte Juan Manuel und rutschte in seinem Sessel herum.

Der Journalist schaute in sein Notizbuch, und nachdem er etwas hineingekritzelt hatte, kam er noch einmal auf das Thema zurück:

»Sie sagen, nach dem Tod Ihres Vaters hätten Sie noch vier weitere Jahre auf dem Land gelebt, im Alter zwischen sechs und zehn. Erzählen Sie mir von dieser Zeit.«

Juan Manuel sah das Glasauge seines Großvaters vor sich und das hagere Gesicht seiner Mutter, die immer traurig war, bis zu dem Tag, als die Traurigkeit wie durch Zauberei von ihr gewichen schien und sie abends zu ihm ans Bett trat und ihm ins Ohr flüsterte: »Ich werde Don Gonzalo heiraten, den kennst du ja, er war Papas Anwalt, ein wundervoller Mann.«

Samuel Cooper sah ihn fragend an.

»Möchten Sie auch über diese Zeit nicht sprechen?«

Juan Manuel spürte eine ferne Traurigkeit aus seinem Innersten aufsteigen. Für ein Kind gibt es keine Halbheiten, es gibt keine Zeit und keine Nuancen. Alles ist schon immer da gewesen und wird immer da sein, alles ist schwarz oder weiß. Seine Kindheit war düster gewesen. Was sollte er anderes sagen? Sein Großvater war ein kaltes, undurchdringliches Scheusal gewesen. Er hatte die Familie regelmäßig daran erinnert, dass es vier Dinge gab, die ihn auf die Palme brachten: Kinderlärm, Ausländer, Katzen und Sonnenuntergänge, genau in dieser Reihenfolge. Die zimtfarbene Katze erspürte seine plötzlichen Stimmungswechsel genau wie er, und sie bewegten sich beide auf leisen Pfoten durchs Haus. Wenn der Alte in der Nähe war, machte die Katze einen Buckel und warf Juan Manuel einen langen, warnenden Blick zu. Juan Manuel konnte sich nicht erinnern, dass jemals ein Ausländer das Haus betreten hatte. Und kaum begann die Sonne über den Eukalyptusbäumen zu sinken, den Hang des Trauco purpurrot zu färben und sich wie ein goldener Teppich über den Potrero del Peral zu legen, schloss Rita eilig die Fensterläden. Das Halbdunkel schien den Alten zu besänftigen. Von sieben bis zehn Uhr abends saß er in seinem roten Samtsessel und trank einen Pisco sour nach dem anderen, das Glas mit seinen Hexenklauen umklammernd, in Gott weiß was für Erinnerungen versunken, immer allein, immer stumm, fern von allem, selbst von seiner Tochter, die von Zeit zu Zeit hereinkam und ihn fragte, ob er etwas essen wolle.

»Es geht nicht darum, dass ich nicht über diese oder irgendeine bestimmte Zeit sprechen möchte, ich verstehe nur nicht, wofür das, was zwischen meinem sechsten und zehnten Lebensjahr war, wichtig sein könnte.«

»Ich würde Sie mit diesem Interview gern als Mensch

porträtieren. Über die Privatperson sprechen, die sich hinter der öffentlichen Persönlichkeit verbirgt. Entschuldigen Sie bitte, wenn meine Fragen zu persönlich sind, aber nur so komme ich an Sie heran, und genau das würde ich gern, an Sie herankommen, verstehen, wie Ihre Kindheit und Jugend für Sie war.«

Während Juan Manuel sich seine Begründungen anhörte, beschloss er, das Interview endgültig abzubrechen, egal wie, es zu verschieben, auf ein andermal, das müsste doch möglich sein, besonders wenn es eher um ein menschliches Porträt als um ein bestimmtes Thema ging. Er konnte nicht mehr. Er wollte nicht mehr. Er fühlte sich für ein derartiges Gespräch einfach nicht gerüstet. Wieder sprangen ihn Amalias Augen an, und in diesem Moment spürte er, dass er nicht mehr würde weiterleben können, nachdem er sie getötet hatte. Die Stimme des Journalisten erreichte ihn wie aus weiter Ferne.

»Und Ihre Mutter? Würden Sie gern über Ihre Mutter sprechen?«

Seine Mutter lebte damals sehr für sich, in Gedanken versunken, immer staunend über die Dinge, die ihr widerfuhren, so als habe sich das Schicksal in ihrem Fall maßlos geirrt. Manchmal schien sie gar nicht zu merken, was um sie herum geschah, doch das täuschte. Wenn sie abends in sein Zimmer kam, um ihm Gute Nacht zu sagen, hielt sie zuweilen ihren Mund dicht an sein Ohr und flüsterte: Ich habe gesehen, wie du getrocknete Pfirsiche gestohlen hast, so etwas tut man nicht, Juan Manuel, heute bist du zu spät zum Essen gekommen, du weißt, wir dürfen Großvater nicht verärgern. Und gleich darauf, wie um den Tadel abzuschwächen, gab sie das schrille Kichern von sich, das er so verabscheute.

»War Ihre Mutter schön?«

»Alle Mütter sind schön, meinen Sie nicht?«

»Sie haben recht, eine dumme Frage. War das Leben als Einzelkind schwierig?«

Ob es schwierig war? Bestimmt. Er hatte sich nie Gedanken darüber gemacht. Er war in dem Gefühl aufgewachsen, auf Schritt und Tritt von seiner Mutter überwacht zu werden. Manchmal hätte er schwören können, dass sie ihn durchs Schlüsselloch beobachtete oder lauernd hinter einem Busch hockte. Aber sie war wehrlos, und er liebte sie. Mit seinem Großvater war das anders. Juan Manuel war niemals der Gedanke gekommen, dass er vielleicht aus irgendeinem unbekannten machtvollen Grund zu einem traurigen, verbitterten alten Mann geworden war. Es gab einfach böse Menschen mit verdorbenem Herzen, und sein Großvater war so einer. Die Landarbeiter konnten ihn nicht ausstehen und hatten Angst vor ihm.

Das hätte er dem Journalisten erzählen können, und wie sein Leben sich verändert hatte, als sie nach dem Tod des Vaters nach Santiago gezogen waren. Von Rita hätte er erzählen können und von der zimtfarbenen Katze. Mit dieser Katze hatte er mehr gespielt als mit irgendwelchen Landkindern. Er hätte ihm sagen können, dass sich aus seiner ganzen Kindheit ein einzelner Glücksmoment in seinem Gedächtnis eingekapselt hatte, der durch seine Einzigartigkeit aus den übrigen Erinnerungen herausstach: der Moment, als seine Mutter ihm verkündet hatte, Rita habe eingewilligt, mit ihnen nach Santiago zu ziehen. Wäre Rita auf dem Land geblieben, wäre er vor Kummer gestorben. Er hätte ihm erklären können, was für eine wichtige Rolle in seiner Kindheit diese breite, robuste Bäuerin voller Lebenskraft gespielt hatte, aber warum hätte er ihm Kindheitsgeheimnisse preisgeben sollen, über die er mit niemand anderem als Amalia gesprochen hatte? Seine Kindheit hatte ihm so wehgetan, dass er sie noch heute wie eine Wunde spürte, und der Letzte, mit dem er darüber hätte sprechen wollen, war der Mann, der ihm gegenübersaß.

Der Journalist schrieb wieder etwas in sein Notizbuch. Juan Manuel musterte ihn. Eigenartig sah er aus, mit seinem länglichen Kopf, dem dünnen, wirren Haar, den aufrichtig blickenden, grünen, aber zu eng stehenden Augen und diesen vollen Lippen, die aussahen, als gehörten sie in ein anderes Gesicht. Irgendwie schien alles nicht recht zusammenzupassen. Diese behutsame Art, sich auf die Sesselkante zu setzen, widersprach der uneleganten, schlecht sitzenden Kleidung. Und genauso wenig vertrugen sich die schlanken Hände, die gepflegten Fingernägel und der sanfte Blick mit der kräftigen, donnernden Stimme. Seine roten Lippen und die perlweißen Zähne passten nicht zu dem angegrauten, übertrieben langen Bart, der den Richter an die gealterten Hippies aus den Sechzigerjahren erinnerte, die er einmal an einem Strand im Norden gesehen hatte, dünne, knochige Gestalten mit sonnengegerbter Haut und grauem, taillenlangem Haar.

»Es fällt mir sehr schwer, über mein Privatleben zu sprechen. Ich verstehe zwar Ihren Wunsch, mich als Mensch zu porträtieren, aber bitte verstehen auch Sie mich. Es hat mir noch nie gelegen, über mich selbst zu sprechen. Wenn Sie sich mit mir über den Fall des Bauministers unterhalten möchten, sage ich Ihnen gerne alles, was ich dazu sagen kann, aber vielleicht nicht gerade jetzt … Hören Sie, Cooper, ich war nicht ganz ehrlich zu Ihnen. Ich hätte Sie anrufen und unseren Termin verschieben sollen. Eigentlich wollte ich das heute Morgen tun, aber ich wusste ja, dass Sie aus Concepción anreisen und vom Flughafen aus gleich in mein Büro kommen würden. Ich habe heute Nacht sehr schlecht geschlafen und bin mit furchtbaren Kopfschmerzen aufgewacht, die ich einfach nicht loswerde. Würde es Ihnen etwas ausmachen, wenn wir dieses Interview ein andermal nachholen würden? Morgen oder übermorgen, wann es Ihnen passt. Glauben Sie mir, im Augenblick bin ich einfach nicht in der richtigen Verfassung.«

»Keine Sorge, das macht nichts. Ich rufe Sie einfach später noch einmal an, um einen neuen Termin zu vereinbaren«, sagte Samuel.

»Vielen Dank«, stammelte Juan Manuel. »Ich bin Ihnen wirklich sehr dankbar, ich fühle mich miserabel, verzeihen Sie bitte.«

»Kein Grund, sich zu entschuldigen«, antwortete Samuel beschwichtigend, während er ihn zugleich mit Blicken zu durchbohren schien.

An der Tür verabschiedete der Richter sich von ihm und bat Ernesto, keine Anrufe durchzustellen und ihm vorerst auch nichts zur Unterschrift vorzulegen. Wieder in seinem Büro, ließ er sich in den Sessel fallen und schloss die Augen.

TERESA

Wenige Monate vor ihrem Tod fing Amalia mich eines Tages überraschend am Ausgang der Schule ab, an der ich Geschichte unterrichtete. Ich war überhaupt nicht auf eine Begegnung mit ihr gefasst, schon gar nicht um vier Uhr nachmittags, wo sie normalerweise in ihrem Kämmerchen in der Nationalbibliothek hockte, an ihrem Arbeitsplatz.

»Amalia! Was machst du denn hier?«

»Ich hol dich ab. Ich habe etwas Wichtiges mit dir zu besprechen.«

Sie sah sehr zufrieden aus, so als habe sie soeben etwas Tolles erlebt. Wir liefen gemeinsam zum *Bodegón*, einem Café an der Plaza Ñuñoa, das wir häufig aufsuchten. Sie war so erfüllt von dem, was sie mir zu sagen hatte, dass sie es nicht bis zum Café für sich behalten konnte.

»Ich habe einen Neuen! Ich weiß selbst nicht, wie das passiert ist … Es war Liebe auf den ersten Blick.«

Einen neuen Liebhaber? Wie bitte? Und der andere?

Eine so lange Beziehung hakte sie einfach so ab? Seit sechs Jahren war sie mit einem äußerst mysteriösen Mann liiert, den ich nie gesehen hatte, nicht einmal von Weitem, da sie sich strikt geweigert hatte, ihn mir vorzustellen. Ohnehin machte sie immer ein großes Geheimnis aus ihren Liebesgeschichten, aber die Mauer, mit der sie diesen Mann umgab, war so hoch, dass ich bisweilen sogar an seiner Existenz zweifelte. Nur ein einziges Mal erfuhr ich etwas über ihn, als Amalia mich eines Tages fragte, ob ich einen guten Antiquitätenhändler kennen würde. Sie wollte ein Geburtstagsgeschenk für ihn kaufen, und ich begleitete sie zu einem versteckten Lädchen in der Calle Bilbao, in dem sie eine Bonbonniere aus chinesischem Porzellan mit aufgemalten Verzierungen, Blumen und grünen Vögeln erstand, ein richtig teures Ding.

»Diese Bonbonniere stammt aus dem 19. Jahrhundert«, erklärte uns der Händler.

»Er ist verrückt nach Antiquitäten«, sagte Amalia zu mir, als wir den Laden mit dem kostbaren Stück verlassen hatten. Und das war praktisch das Einzige, was ich von ihm wusste.

»Ich nehme an, diesmal sagst du mir, wer dein neuer Liebhaber ist.«

»Nicht so hastig, Teresa. Aber eins kann ich dir jetzt schon sagen: Ich ahne bereits, dass es mit diesem Mann wundervoll wird. Wie gesagt, ich ahne es nur; denn bis jetzt ist noch nichts passiert, außer dass wir uns voreinander ausgezogen haben.«

Sie hatten sich vor einem Monat auf einer Gemäldeausstellung kennengelernt. Sie waren miteinander ins Gespräch gekommen, und nach kurzer Zeit war die Welt um sie herum versunken. Beide wussten, was danach kommen würde, und das war eine gemeinsame Nacht im Atelier des Malers. Und dann sahen sie sich am nächsten Tag wieder und am nächsten und am übernächsten. Es war eine Geschichte wie unzählige andere, allerdings mit einer Ausnahme: Sie hatten noch nicht miteinander geschlafen, weil er krank war.

»Krank? Wie unromantisch, Amalia. Aber das meinst du doch nicht ernst, oder? Hast du nicht eben gesagt, er hätte dich ausgezogen.«

»Na und? Nur weil man nichts anhat, muss man doch noch nicht miteinander schlafen. Ein Mann zieht dich aus, um dich zu betrachten, um sich dir näher zu fühlen, um dich zu fotografieren oder weil er möchte, dass du ihn ebenfalls ausziehst, oder um irgendwelche Gespenster zu verscheuchen, um seine erotischen Phantasien bestätigt zu sehen …« Und wenn ich sie nicht unterbrochen hätte, hätte sie mir noch zehn weitere Gründe genannt, warum ein Mann eine Frau auszog.

In der folgenden halben Stunde erzählte mir Amalia alles, was der Maler zu ihr gesagt hatte, schwärmte von seiner wundervollen Art, von seinem Humor und davon, wie toll es mit ihm gewesen sei. Ich hörte ihr zu, ohne ein Wort zu sagen. Auch den Namen dieses Mannes wollte sie mir nicht verraten, so als ginge es ihr weniger um den Geliebten als um den geheimnisvollen Schleier, hinter dem sie ihre Liebesgeschichten so gern verbarg.

Amalia brüstete sich damit, eine Expertin in Sachen Sex zu sein, und in gewissem Sinne war sie das auch. Obwohl sie ihre Beziehungen nie auf die leichte Schulter nahm. Ihre Affären dauerten relativ lange und verliefen so ruhig, dass der Liebhaber irgendwann zu einer Art zweitem Ehemann wurde. Auch hatte sie nicht gerade Dutzende von Liebhabern gehabt. Abgesehen von dem Maler wusste ich von einem argentinischen Psychiater, mit dem sie zwei Jahre zusammen gewesen war, und von dem geheimen Liebhaber – wie ich ihn nannte –, für den sie die Bonbonniere gekauft hatte. Wie es ihr gelang, das Leben eines Jongleurs am Rande des Abgrunds zu führen, ohne in die Tiefe zu stürzen, war mir immer ein Rätsel. Mit dem geheimen Liebhaber verbrachte sie sogar Urlaube in ihrem Sommerhaus am Lago Ranco, sechs Jahre lang waren sie jeden Februar gemeinsam dort. Amalia hasste ihr großes Haus im Barrio Alto, »Albertos Haus« nannte sie es. Überall wohnte sie lieber als in dieser Villa, in der sie sich fühlte wie ein steinerner Gast. Die Atmosphäre dort erdrückte sie, und deshalb verlebte sie fast jedes Wochenende mit Alberto in ihrem Häuschen in Elqui. Für die Sommermonate hatte sie mit ihrem Mann eine Abmachung getroffen: Den Januar verbrachten sie gemeinsam, und den Februar jeder für sich, ohne Fragen und ohne Verdächtigungen. Eine klare, saubere Abmachung, wie sie nur möglich war zwischen einer Person von der Unverfrorenheit Amalias und einem distanzierten, nicht übermäßig liebevollen und wesentlich älteren Ehemann wie Alberto, der nichts als seine Geschäfte im Sinn hatte. Da Alberto ständig unterwegs war, empfand er es womöglich sogar als Erleichterung, dass seine Frau es vorzog, die Ferien mit ihrer Kindheitsfreundin (mir) zu verbringen; denn angeblich war ich es, die sie nach Ranco begleitete, obwohl es mir eigentlich gegen den Strich ging, dieses Spielchen mitzumachen.

Zwar war ich ihre besten Freundin – wobei ich dazu sagen muss, dass sie nicht viele hatte –, aber es gab einen Bereich, zu dem ich nie Zutritt bekam. Die Identität jenes Liebhabers, den sie jetzt wegen eines anderen verließ, blieb für mich tabu, und nicht nur für mich, sondern mit Sicherheit auch für den Rest der Welt. Warum sie ihn mit dieser lächerlichen Hartnäckigkeit zu schützen suchte, habe ich nie herausbekommen. Dass sie Alberto gegenüber ihr Geheimnis hütete, verstand ich ja, aber mir gegenüber? Ich muss gestehen, dass mich ihr Mangel an Vertrauen verletzte, und bis heute kann ich ihn mir nicht ganz erklären. Sie weigerte sich, seinen Namen preiszugeben, seinen Beruf, sogar sein Alter, und nichts brachte sie so sehr in Rage wie das Gefühl, von meiner Neugier bedrängt zu werden. Ganz offensichtlich hatten beide, sowohl er als auch sie, beschlossen, ihre Beziehung absolut geheim zu halten. Und ich war zutiefst beeindruckt, wie gut ihnen das in all den Jahren gelungen war.

DER JOURNALIST

Noch am selben Tag, nach meinem misslungenen Interview mit dem Richter, erfuhr ich, dass im Golfclub ein Verbrechen verübt worden war. Ein heftiges Unbehagen erfasste mich. Ich hätte alles darum gegeben, nicht gesehen zu haben, was ich gesehen hatte, aber ich hatte es nun mal gesehen und musste etwas tun. Ich musste mit der Polizei sprechen, mit dem Innenminister, den ich sehr gut kannte, mit dem Herausgeber der Zeitung. Ich konnte nicht schweigen. Vermutlich war ich der einzige Zeuge dieses Mordes. Aber wie sollte ich erklären, was ich frühmorgens in Santiago gemacht hatte, in Franciscos Wohnung, der Wohnung des berühmten Krankenpflegers aus der zurzeit beliebtesten Fernsehserie? Dolores glaubte, ich sei in Concepción gewesen. Seitdem ich Francisco kannte, hatte ich regelmäßig die Ausrede mit meinem Montagstermin in Concepción benutzt. Ihr verdankte ich, dass ich mich abends mit ihm treffen und die Nacht mit ihm verbringen konnte. Dolores fuhr jedes Wochenende in unser Landhaus und kam nicht vor Dienstagmittag zum Essen wieder. Sie zog sich immer gern für ein paar Tage zurück, war dann für niemanden erreichbar und bekam nichts von dem mit, was in der Welt passierte, denn in unserem Landhaus gab es weder Fernseher noch Telefon. Das Haus war ihre Zuflucht. Die Mädchen fuhren fast immer mit, und oft begleitete auch ich sie, aber wir kehrten immer schon sonntags in die Stadt zurück. Würde ich sagen, was ich gesehen hatte, würde es natürlich sofort in allen Zeitungen stehen. Es wäre eine echte Sensation. Der Mörder? Ein Richter vom Obersten Gerichtshof. Einziger Zeuge? Der Chefredakteur von *El Tiempo*. Und von wo hatte er ihn beobachtet? Aus der Wohnung seines Liebhabers. Was Sie nicht sagen! Der Chefredakteur von *El Tiempo* hat einen Liebhaber? Na klar. Francisco Alvarado. Der Krankenpfleger aus dem Fernsehen? Das heißt, er ist schwul? Sieh mal einer an! Etwas Besseres konnten sich die sensationslüsternen Leser gar nicht wünschen! Und was würde aus mir werden? Sollte ich mich outen, ausgerechnet jetzt, auf dem Höhepunkt meiner journalistischen Karriere, und alles aufs Spiel setzen, nachdem es mir gelungen war, zwanzig Jahre lang mit meinen zermürbenden Widersprüchen zu leben? Mich zu outen würde viel mehr bedeuten als nur, mich zu meiner Homosexualität zu bekennen, es wäre ein Sprung in eine Parallelwelt mit anderen Normen, ich würde mich exponieren und leiden. Wenn die Leute beim Thema Homosexualität wenigstens Menschen im Blick hätten statt eines Stigmas, dann wäre das etwas anderes, aber so war es ja nicht. Würde ich mich outen, würde die Person, der Mensch, der ich bin, verschwinden hinter dem Schwulen, der Schwuchtel, der Tunte, jedes Mal in abfälligem Ton gezischelt. Mein Leben wäre zerstört und mit ihm das Leben von Dolores und meinen Töchtern. Was würden die beiden wohl dazu sagen? Und wie sollte ich es Dolores eröffnen? Sie hatte es nicht verdient, durch die Presse zu erfahren, dass ihr Mann sie in einer so wichtigen Angelegenheit wie der eigenen Sexualität belogen hatte und die Nächte von Montag auf Dienstag regelmäßig mit einem Mann verbrachte, in den er bis über beide Ohren verliebt war. Nein, das hatte sie nicht verdient. Aber ich wusste nicht, wie ich ihr die Wahrheit sagen sollte. Francisco hatte ich bereits bitten müssen, mich nicht unter Druck zu setzen. Ich hatte ihm versprochen, diesen Schritt zu tun, sobald ich mich stark genug fühlte, und dass wir dann zusammenleben würden, so wie er es wollte, aber er solle mich bitte nicht unter Druck setzen.

Von Zeit zu Zeit schob ich meine Hand in die Tasche und holte die Fotos heraus, die meine ganze Widersprüchlichkeit zeigten. Wenn ich sie mir ansah, fand ich die Verbindung zu mir selbst wieder. Verrückt, wie manche Dinge wirken, aber so bin ich nun mal, sagte ich mir, und die Fotos beruhigten mich. Die achtjährige Carla in ihrem Kommunionkleid und die zehnjährige Diamela an dem Tag, als sie zum ersten Mal eine Brille trug, das Foto hatte ich selbst gemacht. Und auf dem dritten war ich mit Francisco zu sehen, drei Jahre später, in Renaca, während eines Mittagessens bei *Radio Cooperativa*. Wir saßen mit mehreren Kollegen vom Sender am Tisch. Unsere unter der Tischdecke verschlungenen Hände hatte die Kamera nicht erfasst. Ich hatte mich damals über Franciscos mangelnde

Vorsicht geärgert, aber später mussten wir oft darüber lachen. Unsere Beziehung war erst zwei Monate alt, wir waren im Rausch der jungen Liebe, im Entdeckungsfieber, unsterblich verliebt, suchten ständig nach Möglichkeiten, allein zu sein, miteinander zu reden, durch San Cristobal zu schlendern und uns gegenseitig Bücher zu leihen, uns alles zu erzählen, von den jüngsten Träumen bis hin zu unseren geheimsten und abwegigsten Utopien. Selbstmitleid ist ein Laster, das ich mir nicht gerne erlaube. Bis jetzt hatte ich mich stets mit dem Argument vor mir selbst gerechtfertigt, dass einem in dieser spießigen, verklemmten Gesellschaft ja nichts anderes übrig bleibe, als so zu tun, als wäre man ein anderer, obwohl ich in meinem Fall genau wusste, dass nicht die Gesellschaft das Problem war, sondern die Tatsache, dass ich verheiratet war, zwei Töchter hatte und einer ganzen Familie gegenüber in der Pflicht stand und deswegen allen eine Identität vorgaukelte, die nicht die meine war. Francisco verstand das und gab sich alle erdenkliche Mühe, mir Ruhe zu vermitteln. An den Montagabenden, wenn wir französische Platten auflegten und bei ihm auf dem Balkon saßen, um den Sonnenuntergang zu betrachten, uns zu unterhalten oder einfach nur der Musik zu lauschen, massierte er mir manchmal die Füße. »Damit du dich entspannst und dir nicht mehr den Kopf über dein Coming-out zerbrichst«, sagte er zu mir. »Der richtige Moment wird schon kommen, und dann werde ich da sein, um dich wieder zusammenzuflicken.« Francisco war ein sehr liebevoller Mensch, und er besaß die magische Fähigkeit, mir ein Gefühl von Geborgenheit zu vermitteln, von Zufriedenheit und Sicherheit vor jeglicher Gefahr, die den Frieden unserer gemeinsamen Stunden hätte bedrohen können. Aber was jetzt passiert war, tauchte alles in ein neues Licht. Vielleicht war es eine schicksalhafte Fügung, dass ich den Richter bei seiner Flucht vom Tatort beobachtet hatte. Irgendwann musste ich meinem Doppelleben ja ein Ende setzen. Und vielleicht war dies nicht einmal die schlechteste Form, es zu tun. Auf diese Weise würde ich mit meinem eigenen Dasein ins Reine kommen und gleichzeitig diesen Richter der Gerechtigkeit überantworten, der er sich sein Leben lang verschrieben hatte. Jedenfalls konnte ich nicht dulden, dass ein Mord ungesühnt blieb, ein Mord, zu allem Überfluss begangen von einem Richter am Obersten Gericht. Schließlich ging es nicht nur um die Pressesensation, sondern um etwas viel Wesentlicheres. Es ging um mich, um meine Chance, ehrlich zu sein, und zwar jetzt und nicht morgen oder übermorgen oder irgendwann in ferner Zukunft. Ein Freund von mir war auf der Suche nach einem toleranteren Umfeld nach New York gezogen, in eine Stadt, in der er unbehelligt leben konnte. Und ich hatte von Männern gehört, die verheiratet waren und Kinder hatten wie ich und es nie gewagt hatten, sich zu outen, aus Angst, ihre Arbeit zu verlieren und ausgestoßen zu werden. Doch mich zermürbte mein heimliches Doppelleben. Es konnte nicht wichtiger sein, den Schein zu wahren als die eigene Integrität. Ich wusste, dass ich mich langfristig für meine Liebe zu Francisco entscheiden würde. Wir zweifelten nicht an unseren Gefühlen füreinander, weder er noch ich. Doch ebenso unausweichlich galt: Die Wahrheit konnte für Dolores und meine beiden Töchter den Ruin bedeuten.

DER RICHTER

Vielleicht lag ihre Leiche immer noch auf dem Rasen. Oder in einem der Clubräume. Möglicherweise war sie aber auch schon in einem mit Todesgeheul Richtung Stadtzentrum rasenden Krankenwagen zum Leichenschauhaus unterwegs. Die Bilder ließen ihm keine Ruhe. Er löste den Knoten seiner Krawatte und wischte sich mit dem Taschentuch über die feuchte Stirn. Was würde ihm die nächste Minute bescheren? Und die heutige Nacht, wenn er im Bett lag? Das Erwachen morgen früh? Würde es ihm gelingen, eine Brücke zu bauen, die ihm half, in sein früheres Leben zurückzukehren? Eine Verbindung zu seinem früheren Leben zu knüpfen? Bis vor einem Monat hatte er sich nur selten im Zwiespalt befunden. Außer an Samstagen und Sonntagen, wenn er ängstlich mit der Eifersucht gehadert hatte und mit der irritierenden Gewissheit, dass Amalia ohne ihn auf der Welt war, waren seine Tage in behaglicher Harmonie dahingeflossen, die nicht einmal die Affäre um den Bauminister hatte stören können. Und plötzlich war alles infrage gestellt, war alles seinem Wesen, seiner Art, die Zeit zu verbringen, so fremd geworden. Von dem Augenblick an, als seine Beziehung zu Amalia zerbrach, wusste er, dass er es nicht ertragen würde, weiterzuleben. Noch im Restaurant mit ihr war ihm das aufgegangen, schon als Amalia ihn musterte, um seine Reaktion einzuschätzen, fragte er sich nur, wie er von nun an weiterleben sollte. Während sie versuchte, ihm zu erklären, wie alles gekommen war, hallte tief in seinem Innern eine Stimme wider, seine eigene, die ihm verkündete, dass alles aus sei. Die Liebe, die sie für dich empfunden hat, lässt sich nicht wiederbeleben, hier, jetzt, an diesem Punkt endet deine Chance, je wieder glücklich zu sein. Von diesem Moment an war ihm die Trennung jede Minute, jede Sekunde bewusst, Tag und Nacht, denn selbst im Schlaf sah er sie mit leicht geöffneten Lippen ein ums andere Mal wiederholen: Bitte versteh mich, Juan Manuel, bitte gib mir etwas Zeit.

Armer Irrer, glaubte er die Stimme des Präsidenten zu vernehmen, der von seinem Gemälde herabsah. *Du Armer, du hast ja völlig den Verstand verloren. Sieh mich an, du Feigling! Jetzt, Juan Manuel, blüht dir die Verachtung derer, die sich bisher vor dir verbeugt haben. Nichts anderes erwartet dich jetzt.* Irgendwann würde er es dem Präsidenten sagen müssen. Oder der würde ihn anrufen und in sein Amtsbüro zitieren, ich muss ernsthaft mit dir reden, würde er sagen und ihn mit der aufgeschlagenen Zeitung auf dem Schreibtisch konfrontieren. Was davon ist wahr, Juan Manuel? Stimmt das, was hier steht? Juan Manuel wandte den Blick von den runden, hinter der Brille versteckten Äugelchen, die er seit der Schulzeit kannte, und redete sich selbst zu: Beruhige dich, reiß dich zusammen, Juan Manuel. Dass sie die Waffe fanden, war praktisch unmöglich, schließlich würden sie nicht den Mapocho trockenlegen, und selbst wenn sie sie fänden, würde das keine große Rolle spielen. Die beiden einzigen Menschen, die von ihrer Existenz wussten, waren Don Gonzalo und seine Mutter, und beide waren tot. Außerdem gab es im Haus noch eine zweite Waffe. Und von seiner Beziehung zu Amalia wusste ohnehin niemand, daran hatte er nicht den geringsten Zweifel. Amalia war extrem vorsichtig gewesen, außerdem hatten sie sich in unterschiedlichen Kreisen bewegt. Sie hatten sich bei ihm zu Hause getroffen, wenn Rosa schon fort war. Oder im Zoo. Und normalerweise hatten sie in einem Lokal an der Alameda zu Mittag gegessen. In manchen Wochen hatten sie sich jeden Tag gesehen, außer samstags und sonntags. An diesen beiden Tagen verschwand Amalia mit ihrem Mann oder mit Freunden und tauchte in ein Leben ab, von dem er vor Montag nichts erfuhr, falls sie sich denn überhaupt bereitfand, etwas zu erzählen, denn im Allgemeinen vermied sie jegliche Auskunft. Sie redete einfach nicht gern über ihre Wochenenden, so als zöge sie stillschweigend eine Linie: bis hierher du, und von hier bis da die anderen. Was hatte sie samstagabends und sonntagmorgens gemacht? Sie hatte ihm nie ihre Telefonnummer geben wollen. Immer war sie diejenige gewesen, die ihn anrief, frühmorgens, wenn noch alles schlief, oder um Mitternacht, immer dann, wenn sie Lust hatte, seine Stimme zu hören. Und er war immer da gewesen. Anders als sie. Oft hatte er sich danach gesehnt, mit ihr zu reden. Einmal hatte er sogar versucht, Alberto Mancillas Nummer herauszubekommen, doch die stand nicht im Telefonbuch. Er hatte es dabei belassen. Wie auch immer, es wäre für Dritte äußerst schwierig, beinahe unmöglich, sie beide miteinander in Verbindung zu bringen. Vor allem weil er außer dem Präsidenten, Vicente Matta und einem jungen Anwalt, mit dem er ab und zu einen Kaffee trinken ging, keine Freunde hatte. Zu irgendetwas war sein Einzelgängertum also doch gut gewesen. Und Ernesto? Hatte der Amalia nicht gesehen? Ja, doch, Ernesto hatte sie gesehen, aber nur das eine Mal, als Amalia bei ihm im Büro gewesen war. Es war eher unwahrscheinlich, dass er sich daran erinnerte, falls aber doch, würde er selbst sich an die im Übrigen wahrheitsgetreue Version halten: An jenem Morgen war Amalia auf der Straße ausgerutscht und in einer Pfütze gelandet. Genau in dem Moment war er vorbeigekommen und hatte ihr angeboten, sie mit in sein Büro zu nehmen, wo sie sich abtrocknen könne. Aus purer Höflichkeit. Jeder Kavalier hätte das getan. Wozu hätte er Ernesto erzählen sollen, dass sie sich damals bereits seit einer Woche kannten und sich an diesem Tag verabredet hatten, um gemeinsam die Fotos aus dem Zoo abzuholen? Letzten Endes gab es für alles eine glaubhafte Erklärung. Jedenfalls wusste niemand von Amalias Existenz. Das war vielleicht das Beste an diesen Jahren gewesen. Dass sie mit ihm zusammen gewesen war und zugleich nicht existiert hatte. Denn für seine Bekannten, seine wenigen Bekannten, hatte sie nicht existiert. Und für Amalias Bekannte hatte er nicht existiert. Wie hatten sie das bloß zuwege gebracht? Er wusste es nicht. Warum waren sie nie entdeckt worden, warum hatte Amalias Mann nicht einmal Verdacht geschöpft? Vielleicht weil Amalia, für die alles irgendwann zu einem Spiel wurde, die Herausforderung ernst genommen und das Geheime ihrer Beziehung zu etwas geradezu Heiligem gemacht hatte. Gut möglich, dass es deswegen geglückt war. Er hatte einmal zu ihr gesagt, Frauen seien vollkommen unfähig, ein Geheimnis für sich zu behalten, vor allem wenn ein Mann im Spiel sei, und erst recht, wenn dieser Mann ein Liebhaber sei.

»Das ist nicht wahr«, entgegnete sie entrüstet, »für mich gilt das nicht.«

»Bestimmt nicht?«, fragte er.

»Todsicher!«

»Wären Sie fähig, unsere Beziehung geheim zu halten?«

»Natürlich«, sagte sie, »ich bin doch diejenige, die am meisten daran interessiert ist, dass nichts herauskommt.«

»Und Ihre Freundin Teresa?«

»Was ist mit meiner Freundin Teresa?«

»Sagen Sie mir nicht, Sie würden es fertigbringen, nicht einmal ihr davon zu erzählen.«

»Teresa schweigt wie ein Grab«, erwiderte Amalia.

»Sehen Sie, dass Sie es nicht schaffen? So geht es von Grab zu Grab, ein Grab erzählt es dem anderen, das andere Grab dem nächsten und das letzte dem Ehemann«, sagte er lachend.

Ihre Augen blitzten. »Wenn du nicht willst, dass ich es Teresa erzähle, okay, dann erzähl ich es ihr eben nicht.«

Darauf antwortete er, im Grunde wäre es ihm sogar lieber, die Nachricht von ihrer Beziehung würde sich verbreiten, denn dann würde irgendwann auch ihr Mann davon erfahren. Amalia erblasste. »Auf keinen Fall! Eins kann ich dir versichern: Durch mich wird niemand von dieser Beziehung erfahren, ich meine, deinen Namen wird niemand erfahren, aber Teresa werden wir als Mitwisserin brauchen …«

Hatte sie Teresa irgendwann von ihrem Verhältnis erzählt? Falls ja, hatte sie es ihm nicht gesagt.

Am Tag als Samuel Cooper sich bei ihm gemeldet hatte, um einen Termin für das Interview zu vereinbaren, hatte er unmittelbar darauf Amalia angerufen, um sie zum Mittagessen in das Restaurant einzuladen, in dem sie immer zusammen aßen. Es war das letzte Mal gewesen, dass sie sich getroffen hatten. Bis dahin war ihm nichts aufgefallen. Jetzt erschien ihm seine eigene Blindheit unbegreiflich. Wie um alles in der Welt hatte er etwas so Offensichtliches nicht bemerkt? Wieso hatte er keine Veränderung an ihr wahrgenommen? An der Art, wie sie mit ihm gesprochen, ihn angesehen, sich ihm hingegeben hatte, irgendein Zeichen, eine Geste, egal was. Nachdem er morgens ein paar Dinge erledigt und einen Brief an Richter Baltrán verfasst hatte, war er vom Büro aus ins Blumengeschäft im Hotel Carrera gegangen, um ein Dutzend Rosen zu kaufen und sie ihr mit ein paar Zeilen in die Bibliothek schicken zu lassen. Was hatte er ihr in diesem Briefchen geschrieben? Er konnte sich nicht mehr genau daran erinnern, etwas wie »Ich liebe Sie mehr denn je«, wie ein verliebtes Jüngelchen, einer von diesen Dummköpfen … Nein, seine Gefühle für sie wollte er jetzt nicht herabwürdigen. Aber hatte Amalia ihn ebenso sehr geliebt, oder war ihre Beziehung für sie nur eines ihrer Spiele gewesen? Um halb zwei hatten sie sich an der Ecke Calle Bandera, Calle Alameda getroffen und waren die vier Blocks zum Restaurant zu Fuß gegangen. Unterwegs hatten sie fast kein Wort gesprochen. Erst jetzt fiel ihm auf, dass Amalia außergewöhnlich still und schweigsam gewesen war, aber damals hatte er nichts bemerkt. Wäre er aufmerksamer gewesen, wäre ihm ihr Schweigen aufgefallen und er hätte geahnt, dass es nichts Gutes verhieß. Als sie dann später an dem Ecktischchen gesessen hatten, das zu ihrem Stammplatz geworden war, hatte Amalia das Schweigen gebrochen.

»Ich muss etwas Wichtiges mit dir besprechen.« Sie sah so schön aus, dass es ihm wehtat.

Sie redeten bis vier Uhr nachmittags, oder vielmehr war es Amalia, die redete, während er nur zuhörte und spürte, wie er innerlich zerbrach, wie sein Mund sich mit einem üblen Geschmack füllte, wie ihn ein nie gekanntes Unwohlsein erfasste und ein stechender Schmerz sich in seiner Brust ausdehnte. Amalia wollte Schluss machen. Schluss? Schon allein das Wort klang für ihn wie etwas von seiner Wirklichkeit weit Entferntes, etwas Unmögliches. »Wir sollen uns nicht mehr sehen? So plötzlich?«, fragte er mit brüchiger Stimme. Nein, von einem Tag auf den anderen sei das nicht passiert, so etwas passiere nie von einem Tag auf den anderen, sie sei die ganze Geschichte nach und nach leid gewesen, sie wolle keine verschlissene Beziehung, Liebe habe ihren eigenen Zyklus, wenn sie erst einmal stagniere und nicht weiter wachse, müsse man sie für tot erklären und weitergehen, andernfalls drohe man selbst im Überdruss stecken zu bleiben, antwortete Amalia und redete, als habe sie das alles am Abend vorher auswendig gelernt. In seinen Ohren klangen ihre Worte hohl und falsch.

»Ist das alles?«, fragte er. »Sie waren die Geschichte nach und nach leid, einfach so, wie jemand, dem eine langweilige Arbeit über wird?«

»Nein, das ist nicht alles«, antwortete sie und sah ihn unverwandt an.

»Es gibt einen anderen«, murmelte er.

»Ja«, sagte Amalia, und er spürte, wie sein Herz stockte.

Sie habe einen Maler kennengelernt, mit dem sie sich ein paar Mal getroffen habe, in seinem Atelier, sagte sie, um Ruhe bemüht.

»Haben Sie mit ihm geschlafen?«, fragte er mit gebrochener Stimme.

»Nein. Wir haben noch nicht miteinander geschlafen, er war ziemlich krank«, sagte Amalia und schloss die Lider.

»Das ist ein Witz, Amalia, ein schlechter Witz, Sie wollen mich auf den Arm nehmen, oder?«

»Nein, das ist kein Witz. Ich meine es vollkommen ernst.«

Er konnte den Blick nicht von ihr wenden. Er wollte den Blick nicht von ihr wenden. Er wollte tief in ihren Augen irgendein Zeichen dafür finden, dass das alles nicht wahr sei, bloß ein Traum, ein Albtraum. Er fragte sie immer wieder: »Haben Sie sich in den anderen verliebt? Ist es das, was Sie mir sagen wollen?« Vielleicht habe sie sich verliebt, sagte Amalia, und wenn dem so sei, tue es ihr leid, für ihn tue es ihr leid, für sie selbst, für alle. Aber so etwas passiere nun mal, und er müsse ihr glauben, dass sie nicht darauf aus gewesen sei und es auch nicht bewusst befördert habe. Sie habe ihn bei einer Ausstellung kennengelernt, dort habe alles angefangen, eine Art Liebe auf den ersten Blick, für beide unverhofft.

»Um uns stand es nicht gut, Juan Manuel, unsere Liebe ist immer mehr erkaltet, hast du das nicht gemerkt? Unsere Beziehung ist zur Routine verkommen, wie eine verschlissene Ehe. Siehst du das denn nicht?«

Nein, er sah es nicht. Er hatte es nie gesehen.

»Ich habe vor, für ein paar Tage zum Lago Ranco zu fahren«, sagte sie nach längerem Schweigen.

»Mit ihm?« Die Stimme drohte ihm zu versagen.

»Das weiß ich noch nicht. Auf jeden Fall brauche ich ein paar Tage, um zur Ruhe zu kommen und über alles nachzudenken, was passiert ist. Ich möchte keine Entscheidung treffen, ohne zu wissen, warum ich sie treffe. Das Einzige, worum ich dich bitte, ist Zeit und Verständnis.«

Zeit und Verständnis, das Einzige, worum ich dich bitte. Da saß er nun, mit erstarrter Seele, und wusste nicht, was er tun, wohin er gehen sollte. Es war, als sei sie seit jeher und für immer und ewig an seine Existenz geschweißt gewesen und als werde sein Leben plötzlich mit einem Axthieb von ihm abgetrennt. Er wusste vom ersten Augenblick an, dass der Bruch endgültig war, und hasste sie mit einer Heftigkeit, die ihn selbst entsetzte. Auch sie spürte seinen Zorn. Unmerklich rückte sie den Stuhl ein wenig vom Tisch ab, und er konnte die Furcht in ihren Augen lesen, konnte sehen, wie sie die Lippen öffnete, um etwas zu sagen, und doch nichts hervorbrachte. Er sah, wie sie sich mit der Hand durchs Haar fuhr, und zum ersten Mal bekam er Lust, sie zu schlagen. In der Nacht träumte er, dass er sie schlug. Auf die Arme, ins Gesicht, auf den Rücken. Dann schleuderte er sie mit bestialischer Kraft gegen die Wand, und sie fiel nach vorne, klappte zusammen wie eine Stoffpuppe, und rutschte an der Wand hinunter, bis sie auf die Knie fiel und mit der Stirn auf den Bodendielen landete, worauf er fortging, eine Mischung aus Erleichterung und Trostlosigkeit im Herzen.

Es war durchaus möglich, dass man sie noch nicht gefunden hatte. Für den Rest der Welt war sie am Leben. Für ihren Mann spielte sie Golf wie jeden Dienstag. Auch für ihren neuen Liebhaber, der sich zurechtmachte, um sie später an einer Straßenecke abzuholen und mit ihr zu verreisen und den Rest der Woche mit ihr im Haus am Lago Ranco zu verbringen, das sie sechs Jahre lang mit ihm geteilt hatte, in dem Zimmer, das zum Balkon hinausging, unter der Dusche, die nur selten funktionierte und in der sie so getan hatten, als würden sie sich einseifen, auf der Terrasse, auf der sie Hähnchen gegrillt hatten, am Pier, von dem aus sie winzige Pejerreyes geangelt und lachend wieder in den See zurückgeworfen hatten.

TERESA

Einmal, als wir uns wie üblich im *Bodegón* trafen, um uns zu unterhalten, erzählte ich Amalia, mit meiner Ehe stimme etwas nicht, wir würden uns zwar noch lieben und Rafa gehe mir auch nicht auf die Nerven, aber ich hätte ein Gefühl von Leere, irgendetwas fehle mir.

»Leidenschaft!«, rief sie sofort.

Nein, es war nicht nur Leidenschaft, sondern etwas viel Tieferes, ich hatte das Gefühl, dieses ruhige Dasein in einer trauten Ehe, das, was jeder andere als glückliches Eheleben bezeichnet hätte, fülle mich nicht mehr aus. Ich wollte mehr, aber nicht unbedingt Sex. Wir hatten uns nie zusammen gelangweilt, nicht einmal jetzt, und doch waren wir fast unmerklich zu einem traurigen Paar geworden. An manchen Tagen schaute ich ihn an und suchte vergeblich nach dem Mann, den ich früher vermisst hatte, kaum dass wir zehn Minuten voneinander getrennt waren. Irgendetwas war auf der Strecke geblieben, und das deprimierte mich sehr.

»Warum nimmst du dir keinen Liebhaber? Sieh mich nicht so an, ich meine es ernst, und nimm es mir nicht übel, ich sage einfach Liebhaber, um der Sache irgendeinen Namen zu geben, aber ich meine damit eher einen Raum, den du nicht mit Rafa teilst, weil du ihn dort nicht haben willst. Etwas, das dem, was du tust, einen Sinn verleiht, sogar dem, was du mit ihm zusammen tust. Der Mensch strebt nach mehr als nur danach, zu schlafen, zu arbeiten, nach Hause zu kommen, eine Weile über banale Tagesereignisse zu plaudern und wieder schlafen zu gehen. Ein Liebhaber könnte deiner Ehe eine ganz neue Dimension verleihen. Sieh ihn als Medizin, vergiss die konventionelle Moral, sie ist das Heuchlerischste, was es gibt. Alle Welt behauptet, Affären seien sündig, und dabei hat die halbe Welt Affären.«

»Ich glaube nicht, dass ich einen Liebhaber brauche. Nein, ich müsste mit Rafa reden, wir müssten uns dem, was mit uns los ist, gemeinsam stellen, oder besser gesagt, gemeinsam versuchen, es zu begreifen.«

Wir beließen es dabei. Ich wusste, dass wir bei diesem Thema niemals einer Meinung sein würden. Eine Woche später aber, an einem Abend, als Rafa in Curicó blieb, weil es mit einem der Häuser, die er dort baute, Probleme gab, besuchte Amalia mich.

»Ich habe lange über unser Gespräch neulich im Café nachgedacht, und Teresa, ich glaube wirklich, ein Liebhaber würde deiner Ehe guttun.«

»Du tust gerade so, als könne man eine Affäre haben, ohne gleichzeitig seinen Mann zu betrügen. Macht es dir denn nichts aus, deinen Mann zu betrügen? Ihn ständig anzulügen? Solltest du dich nicht lieber von ihm trennen, wenn du ihn so wenig liebst und nur aus Angst, ihn zu verletzen, oder aus Bequemlichkeit oder was auch immer mit ihm zusammenbleibst?«

»Kommt darauf an, was du unter Betrügen verstehst. Der schlimmste Betrug ist doch der, mit einem Mann zusammen zu sein und ihm vorzumachen, alles sei in Ordnung, man wisse, was man will, man sei glücklich mit ihm, obwohl man keine Ahnung hat, was man eigentlich will, und zutiefst unglücklich mit ihm ist.«

»Und für dich ist die Lösung des Problems ein Liebhaber, also eine andere Form des Betrugs.«

»Fass es nicht als Betrug auf, Teresa, sieh es als einen Raum, wo du einer anderen Dimension deiner selbst begegnen kannst. Man ist doch nicht nur eingleisig, man hat doch nicht nur ein Gesicht, sondern viele, und manchmal ist es sehr wohltuend, um etwas anderes zu kreisen und damit in andere Bereiche der eigenen Person vorzudringen, die im häuslichen Alltag einfach untergehen, als gäbe es sie überhaupt nicht.«

Dann öffnete sie ihre Handtasche und zog mehrere Bögen Papier hervor.

»Das ist ein Brief an dich«, sagte sie. »Zuerst wollte ich ihn dir per Post schicken, aber dann habe ich beschlossen, ihn dir vorzulesen, weil ich sicher bin, dass du anschließend eine Menge Fragen haben wirst.«

»Ein Brief?«

»Ja, genau. Ich schildere dir darin meine erste Begegnung mit meinem geheimen Liebhaber, wie du ihn nennst.«

»Und das musst du in einem Brief tun? Du könntest es mir doch mündlich erzählen«, sagte ich und bereute meine

Worte unverzüglich, denn einen Brief zu schreiben, um mir ein Geheimnis anzuvertrauen, entsprach absolut ihrem Charakter.

»Jetzt, wo ich dabei bin, die Beziehung zu beenden, hilft mir ein Brief, die wunderbaren Augenblicke mit ihm festzuhalten. Dass sie hier schwarz auf weiß stehen, ist für mich so, als wären sie an einem sicheren Ort verwahrt. Ich übergebe dir hiermit also etwas, das mir sehr wertvoll ist, und mir liegt viel daran, dass du es behältst.«

Ich fand es wunderbar, dass sie die ersten Augenblicke mit diesem Mann zu bewahren versuchte, indem sie ihrer besten Freundin einen Brief schrieb. Und fühlte mich außerordentlich geschmeichelt. Denn ich wusste, dass sie mir in diesem Brief, ganz gleich, was er enthielt, ihr Geheimnis verriet, mir ihren bestgehüteten Schatz anvertraute, mir vielleicht sogar erzählte, wer der Glückliche war.

Amalia machte es sich in ihrem Sessel bequem und sah mich an, als wolle sie sichergehen, dass ich ihr auch die volle Aufmerksamkeit schenkte. Dann begann sie zu lesen, mit klarer, bedächtiger Stimme, ohne den Blick ein einziges Mal vom Papier zu heben:

Liebe Teresa,

die Geschichte, die du auf den folgenden Seiten lesen wirst, begann an einem regnerischen Morgen an der Ecke Calle Huéfarnos, Calle Estado. Ich war gerade unterwegs zu der Passage, die an dieser Ecke liegt, um Fotos abzuholen. Kurz davor stolperte ich auf dem Bürgersteig und stürzte der Länge nach in eine Pfütze. Im nächsten Augenblick nahmen mich zwei Hände bei den Schultern und halfen mir auf. »Sie hat es aber übel erwischt«, sagte eine männliche Stimme. Ich schaute auf und blickte direkt in sein Gesicht. Mir fiel auf, wie braungebrannt er war. Offenbar kam er gerade vom Skilaufen oder aus einem Land, in dem zurzeit Sommer herrschte. Vielleicht aus Mexiko. »Danke«, sagte ich und strich mir den klatschnassen Rock glatt. »Sie sind ja bis obenhin nass, so können Sie nicht nach Hause fahren, kommen Sie mit in mein Büro, um sich ein wenig abzutrocknen, von dort aus können wir dann ein Taxi rufen«, sagte er, hakte mich unter und übernahm das Kommando. Belustigt schaute ich ihn an. »Warum sind Sie so freundlich?«, fragte ich ihn, obwohl ich wusste, dass die Frage ein wenig absurd war, aber seine ausgesprochene Freundlichkeit hatte mich überrascht. Noch mehr überraschte mich seine Antwort. »Weil es meine Pflicht ist«, sagte er und drückte dazu ganz leicht meinen Arm. Wir gingen etwa hundert Meter, ohne ein Wort zu wechseln, bis wir sein Büro erreichten, einen düsteren Ort in einem Hochhaus aus den Dreißigerjahren. Ein alter Aufzug mit kleinen Fensterchen mit violetten und blauen Scheiben brachte uns in den sechsten Stock hinauf und entließ uns in einen Raum, der von einer Deckenlampe mit drei kleinen Birnen beleuchtet wurde. Ein Sekretär mit knochigen, von Arthritis verformten Händen schob mit einer jähen Bewegung eine Tasse Tee von sich und stürzte mir entgegen, um mir aus der Jacke zu helfen. »Um Gottes willen! Sie sehen ja aus, als hätte Sie ein Lama bespuckt!«, scherzte er. Mein Retter warf ihm einen vorwurfsvollen Blick zu, der Sekretär hängte meine Jacke an den Garderobenständer und ging an den Platz zurück, an dem er gesessen hatte, als wir hereingekommen waren. Er sagte: »Ich bringe Ihnen sofort eine Tasse Tee.« Wir betraten ein Büro mit dunklen, mahagonigetäfelten Wänden, einer hohen Decke und schweren grünen Samtvorhängen. Überall Bücher. Bücher, die in Reih und Glied hinter Gittertüren in

Regalen standen, und auf einem Tisch lag ein ledergebundener Band, der mir sofort ins Auge stach. Auf der Suche nach der verlorenen Zeit *von Proust, den ich liebe. »Setzen Sie sich noch nicht, warten Sie, bis der Tee kommt«, sagte er zu mir und trat an eines der Fenster, um die Vorhänge zu öffnen und Tageslicht in den Raum zu lassen. Nach ein paar Minuten kam der Sekretär mit einem kleinen Silbertablett herein, auf dem eine weiße, dampfende Porzellantasse stand. »Nehmen Sie keinen Tee?«, fragte ich ihn, als der Sekretär sich wortlos und auf Zehenspitzen zurückgezogen und die Tür hinter sich geschlossen hatte. »Diesmal nicht«, erwiderte er und blieb vor mir stehen. Schweigend musterte er mein Gesicht. Mir war unbehaglich zumute. Er sagte nichts. Ich schwieg ebenfalls. Draußen hörte man eine Feuerwehrsirene. Hinter ihm, an der einzigen Wand ohne Regale, hing ein Porträt des Präsidenten. An derselben Wand, ganz in der Nähe, hing noch ein zweites Bild, ein riesiges Gemälde, das zwei grasende Kühe zeigte und ein Kind, das zwischen den knorrigen Stämmen von Weinreben spielte. Das Bild erinnerte mich an eine Geschichte, die Onkel Floro uns früher immer erzählt hat, von der einzigen glücklichen Zeit im Leben des Dionysos. Ich betrachtete das Kind und sah in ihm den Sohn des Zeus, wie er die Weinreben entdeckt, und stellte mir vor, dass vielleicht so der erste Morgen der Welt ausgesehen haben könnte. Ich sah wieder meinen Gastgeber an. Er lächelte, und ich erwiderte sein Lächeln. Ich hatte vergessen, dass ich von Kopf bis Fuß durchnässt war. Das Heulen der Sirene wurde immer leiser, bis es schließlich ganz erstarb. Die Straßengeräusche drangen nur gedämpft durch die dicken Wände und die halb geöffneten Vorhänge in den Raum. »Sie werden sich erkälten, wenn Sie Ihre Sachen nicht ausziehen«, sagte er. »Hier?«, fragte ich, tat einen Schritt und drehte mich um, so dass ich mit dem Rücken zur Wand stand, an der die Bilder hingen. »Ist Ihnen das unange-*

nehm?«, fragte er. »Ein bisschen«, sagte ich. »Dann lassen Sie mich Ihnen helfen«, sagte er, kam einen Schritt auf mich zu und blieb unmittelbar vor mir stehen. Er roch nach Orangenbaumblättern. Seine Hände näherten sich mir und begannen, meine Bluse aufzuknöpfen. »Sind meine Hände sehr kalt?«, fragte er. »Nein«, sagte ich und sah in seine Augen, die unter dichten Augenbrauen lagen. Sie glänzten. »Was für tiefe Augen Sie haben«, wollte ich zu ihm sagen. Er zog mir die Bluse aus und hängte sie sorgfältig über die Rückenlehne eines Ledersessels. »In ein paar Minuten ist sie trocken«, sagte er und kam zu mir zurück. Er fasste, meine Hüften umfangend, hinter mich und öffnete mir den Rock. Ich ließ ihn zu Boden gleiten. Dann wanderte er mit den Händen meinen Rücken hinauf und fragte noch einmal, ob sie kalt seien. Ich verneinte wieder. Er öffnete meinen BH und hängte ihn über den Ledersessel, neben die Bluse. Dann drehte er die Lehne vor den Heizkörper. »In zehn Minuten ist beides trocken«, sagte er, als er wieder neben mir stand. Er zog sein Jackett aus und legte es auf den Schreibtisch. »Ich werde mich auch ausziehen«, verkündete er und legte Stück für Stück seine Kleidung ab, bis er vollkommen nackt dastand. »Seien Sie unbesorgt, mein Sekretär wird nicht hereinkommen, es sei denn, ich rufe ihn«, sagte er. Ich machte mir keine Sorgen wegen des Sekretärs. »Möchten Sie sich auf den Teppich legen?«, fragte er mit der gleichen Liebenswürdigkeit, mit der er mir auf der Straße aufgeholfen hatte. »Danke«, sagte ich und legte mich auf den Teppich. Er legte sich neben mich, seinen Kopf dicht neben meinem. Wir schauten zur Decke. Es vergingen etwa fünf Minuten. Stille. Ich konnte seinen Herzschlag hören. In der Mitte der Decke hing eine alte Messinglampe, die sanft hin und her schaukelte. »Das könnte ein schwaches Erdbeben sein«, sagte er und legte mir seine warme Hand auf den Bauch. »Ja«, sagte ich. »Bebt die Erde hier oft?« »Leben Sie nicht in der Stadt?«, fragte er zurück.

»Doch, aber nicht im Zentrum, und da oben bebt die Erde nie«, antwortete ich, und er lachte. Er begann, meinen Körper zu streicheln. »Ihre Haut ist sehr weich«, flüsterte er mir ins Ohr. »Finden Sie?«, fragte ich. Nach einer Weile sagte er: »Gefällt es Ihnen, wenn ich Sie streichle?« »Ja«, antwortete ich. »Streicheln Sie mich auch«, bat er daraufhin. »Wo mögen Sie es am liebsten?« »An den Beinen«, antwortete er. Ich streckte meine Hand zu seinem Bein aus und ließ sie dort liegen. Er ließ seine Hand auf meinem Bauch. So lagen wir einige Minuten da. Dann drehte er sich mir zu und umarmte mich. Ich presste mich an ihn. »Ihr Körper passt genau in meinen«, sagte er und schmiegte sich eng an mich. Dann schob er mich sanft von sich und ließ seinen Blick über meinen Körper wandern. »Jetzt dürften Ihre Kleider trocken sein«, verkündete er plötzlich, sprang auf und ergriff meine Hände, um mir aufzuhelfen. »Gestatten Sie mir, dass ich Sie anziehe«, bat er und kam mit dem BH in der Hand auf mich zu. Er streifte ihn mir über und sagte, ich möge mich umdrehen, sodass ich mit dem Rücken zu ihm stand. »Ich war nie sehr geschickt im Schließen dieser Dinger.« »Aber beim Öffnen wirkten Sie ziemlich geschickt«, sagte ich lächelnd. Und er lachte. Gleich darauf half er mir in die Bluse und begann, sie zuzuknöpfen. Ich bedankte mich. »Haben alle Ihre Blusen so viele Knöpfe?«, fragte er belustigt. »Nicht alle, nur die, die ich heute anhabe«, erwiderte ich. »Stellen Sie sich bitte hierhin«, bat er mich und wies auf die Mitte des Rockes, den ich offen auf dem Boden hatte liegen lassen. Ich gehorchte ihm. Er zog ihn an meinen Beinen entlang nach oben, und als er richtig saß, umschlang er meine Hüften und knöpfte ihn zu. »Fertig«, sagte er und klatschte in die Hände. »Sehen Sie, dass es gar nicht so schwer war?« »Ich kann gar nicht sagen, wie dankbar ich Ihnen bin«, sagte ich auf dem Weg zur Tür. »Nicht der Rede wert«, erwiderte er, nahm die Tasse Tee und kippte die Flüssigkeit in einen

Gummibaum, der neben dem Sessel stand. »Auf Wiedersehen«, sagte ich zum Abschied, als die Tür schon offen stand. »Auf Wiedersehen, Amalia«, sagte er. »Woher kennen Sie meinen Namen?«, fragte ich überrascht. »Ich habe ihn an dem Schlüsselanhänger gelesen, der Ihnen unten auf der Straße aus der Tasche gefallen ist«, sagte er und reichte ihn mir. Im Vorraum erhob sich der Sekretär, der mich aus dem Büro kommen sah, und half mir wieder in die Jacke, die er vom Garderobenständer nahm. »Hat der Tee Sie ein wenig aufgewärmt?«, fragte er leise. »Ja, vielen Dank«, antwortete ich und betrat den Fahrstuhl.

An dieser Stelle unterbrach sie die Lektüre, ließ die Blätter in den Schoß sinken und schaute mich erwartungsvoll an. Ich muss zugeben, dass ich sprachlos war. Ich konnte nicht glauben, dass es sich um eine wahre Geschichte handelte. Es gibt nicht viele Männer, die einer Frau die Kleider ausziehen, noch bevor sie sie nach dem Namen gefragt haben. Schon gar nicht, wenn sie nicht vorhaben, sie zu vergewaltigen oder etwas Ähnliches, sondern nur, um sie anzustarren wie ein Erotomane, während der Sekretär nur fünf Meter entfernt im Nebenraum sitzt.

»So ist es gewesen? Genau so? Alle Achtung, ich kann nur staunen, Amalia! Und du kanntest ihn nicht mal?«

»Auf den ersten Blick klingt es vielleicht etwas seltsam, dass ich mich einfach so vor einem völlig Unbekannten ausgezogen habe, aber so etwas kann eben passieren, manchmal macht man Sachen, von denen man nie geglaubt hätte, dass man zu ihnen fähig ist. Er hat mir von Anfang an gefallen, sehr gefallen.«

»So sehr, dass du in seinem Büro die Hüllen hast fallen lassen, dich neben ihn auf den Teppich gelegt und zugelassen hast, dass er dich streichelt? Ohne zu wissen, wer er ist?«

Ihre Geschichte hatte mich vor allem deshalb aufgewühlt, weil jeder, der Amalia so gut kannte wie ich, gewusst hätte, dass sie höchstwahrscheinlich vollkommen der Wahrheit entsprach.

»Hast du noch nie wahnsinnige Lust gehabt, einen Mann zu berühren oder von einem Mann berührt zu werden? Das Gute in diesem Fall war, dass wir beide im selben Moment den gleichen Drang verspürt haben. Ich bin sicher, dass viele Frauen ähnliche Begegnungen, ähnlich merkwürdige Dinge erleben. Dass sie nicht darüber reden, ist etwas anderes.«

»Das ist also der Mann, mit dem du gerade nach sechs Jahren Schluss gemacht hast. Willst du mir denn jetzt, wo Schluss ist, nicht sagen, wie er heißt? Wer ist es, Amalia?«

Amalia antwortete nicht.

»Willst du, dass ich den Brief zu Ende lese?«

»Natürlich«, sagte ich, und sie las weiter.

Aufgewühlt kam ich nach Hause. Ich konnte nicht fassen, was in diesem Büro geschehen war. Wieso hatten wir uns einfach voreinander ausgezogen, als würden wir uns schon ein Leben lang kennen? War das nicht unglaublich? Nachmittags rief ich ihn an. Der Sekretär war am Telefon und erkannte meine Stimme sofort, was mich beunruhigte. Vielleicht hatten sie über mich geredet. »Ich verbinde Sie, Señora Amalia«, sagte er diensteifrig und gestelzt, mit einem spöttischen Unterton in der Stimme, den ich nicht recht zuordnen konnte. Woher kannte er meinen Namen? Dann fiel mir ein, dass die Tür zum Büro offen gestanden hatte, als wir uns verabschiedeten. Höchstwahrscheinlich hatte er die Worte »Auf Wiedersehen,

Amalia« gehört. Ein paar Sekunden später hörte ich ein Knacken in der Leitung und seine Stimme. »Das ist Gedankenübertragung. Ich wollte Sie auch gerade anrufen, aber ich habe Ihre Nummer nicht. Wann besuchen Sie mich?«, fragte er. »Warum sollte ich Sie besuchen und nicht umgekehrt?« (Ich wollte sehen, was er darauf antworten würde.) »Weil Sie verheiratet sind«, sagte er. »Sie denn nicht?«, fragte ich. »Nein«, antwortete er knapp, als sei es eine Sünde, verheiratet zu sein. Wir verabredeten uns für den nächsten Tag um drei Uhr in seinem Büro. »Danke, dass Sie mich angerufen haben«, verabschiedete er sich. »Nicht der Rede wert«, sagte ich, seine Ausdrucksweise nachahmend. Als ich den Hörer auflegte, hatte ich das Gefühl, soeben mit einem Immobilienmakler oder Autoverkäufer telefoniert zu haben.

Am nächsten Tag um drei öffnete sich die Fahrstuhltür, und ich konnte den Sekretär telefonieren sehen. Ich näherte mich auf Zehenspitzen, um ihn nicht zu unterbrechen. Er winkte mich heran und hielt mit der anderen Hand die Sprechmuschel zu. »Bitte warten Sie einen Moment«, bat er und führte das Telefonat zu Ende. »Ich sage ihm, dass Sie da sind«, erklärte er mir, nachdem er aufgelegt hatte, mit einer verschwörerischen Miene, die mir ganz und gar nicht gefiel. »Verzeihen Sie bitte die Störung, aber gestern ist mir hier im Büro mein Telefonbüchlein heruntergefallen, ich bin gekommen, um es zu holen«, sagte ich und kam mir dabei unglaublich blöd vor. Einen Moment lang wäre ich am liebsten wieder gegangen. Was mache ich nur hier, ging es mir durch den Kopf, aber da öffnete sich die Tür zu seinem Büro, und er stand auf der Schwelle. »Kommen Sie bitte«, sagte er mit der ernsten Miene eines Anwalts, der eine Klientin hereinbittet, deren Ehemann gerade von der Mafia ermordet wurde.

»Sie sind genauso pünktlich wie ich«, sagte er vergnügt mit einer leichten Verbeugung. »So ist es«, antwortete ich und reichte ihm die

Hand. »Ich war schon immer sehr pünktlich.« Die Fenster seines Büros standen sperrangelweit offen, und von draußen kam eiskalte Luft herein. »Ist Ihnen sehr warm?«, fragte ich. »Nein, ich lüfte nur, weil ich gerade eine Zigarre geraucht habe«, entgegnete er und machte Anstalten, die Fenster zu schließen. »Sie rauchen Zigarre?«, fragte ich. »Manchmal. Stört Sie der Geruch?«, entgegnete er. »Nein, im Gegenteil, ich liebe den Geruch nach starkem Tabak. Ich rauche auch hin und wieder ein Zigarillo«, log ich. »Setzen Sie sich hin, wo Sie möchten«, entgegnete er, als hätte er nicht gehört, was ich gerade gesagt hatte. »Möchten Sie eine Tasse Tee?«, fragte er, als ich mich in dem Ledersessel niederließ, über den er tags zuvor meine nassen Sachen gehängt hatte. »Um ihn wieder zu vergeuden, indem ich ihn in den Gummibaum schütte?«, fragte ich lachend. Er kam auf mich zu und nahm mich bei den Schultern, so wie am Tag zuvor auf der Straße, und hob mich aus dem Sessel wie eine Feder.

Ich unterbrach sie.

»Hat er dich genauso zuvorkommend behandelt wie beim ersten Mal?«

»So hat er mich immer behandelt«, antwortete Amalia. »Und in den sechs Jahren, die wir zusammen waren, hat er mich nie geduzt. Durch seine Umgangsformen wirkte er wie ein Kavalier der alten Schule, aber er ist nicht so konservativ, wie man glauben könnte. Die Förmlichkeit hat er bewusst aufgesetzt. Sie hat ihm irgendwie gefallen, ein bisschen hat er sogar eine Schau daraus gemacht. Geschmuse hat er gehasst, genau wie die absurde Sprache der Verliebten, die sich ständig mit Verkleinerungsformen wie Schätzchen, Spätzchen, Zuckermäuschen anreden. Aber so nüchtern er wirken mochte, so zärtlich war er andererseits.«

Nach diesen Erklärungen las sie weiter.

»Kommen Sie mit«, lud er mich ein. »Wohin?«, fragte ich ihn und sah mich um. »In meinen Privatraum, gleich hier«, sagte er und öffnete eine in der Mahagonivertäfelung verborgene Tür, die ich vorher gar nicht bemerkt hatte. Wir betraten ein kleines, zwei mal drei Meter großes, mit einem Chiloé-Teppich ausgelegtes Zimmer, in dem ein Tischchen mit einem Fernseher stand. »Ich werde etwas auf den Boden legen, damit wir es bequemer haben«, sagte er, öffnete die Tür eines Wandschranks und holte eine dünne Matte und eine karierte Decke hervor, die er auf dem Teppich ausbreitete. »Halten wir einen Mittagsschlaf?«, fragte ich lachend, aber ohne mich über ihn lustig machen zu wollen, und gleichzeitig war ich wahnsinnig aufgeregt. »Zuerst schlafen wir miteinander«, antwortete er, und mein Herz setzte kurz aus. »Hier?«, fragte ich und zeigte auf die Matte. »Hier oder wo Sie wollen. Die Matte ist sehr bequem, ich benutze sie für meine Yogaübungen«, sagte er und kam auf mich zu.

Amalia blickte von dem Brief auf und sagte, sie hätten zwei Stunden in diesem Raum verbracht. Ins Detail wollte sie nicht gehen, versicherte mir aber, dass sie noch nie so wundervollen Sex gehabt habe. Er sei ein langsamer, sanfter, erfahrener Liebhaber von unglaublicher Zärtlichkeit.

»Leidenschaftlich?«, fragte ich mit angehaltenem Atem.

»Oh, wenn du wüsstest!«, erwiderte sie, und dann las sie das Ende des Briefes, das »Sahnehäubchen«, wie sie sich ausdrückte:

»Haben Sie Appetit?«, fragte er mich, nachdem er sich vollständig wieder angezogen hatte. »Ich sterbe vor Hunger«, erwiderte ich. Er ging hinüber in sein Büro, und ich hörte, wie er den Sekretär bat, ins Café an der Ecke zu gehen und uns drei belegte Brote zu holen, die dieser uns kurz darauf auf den Schreibtisch stellte. Nachdem er mit großem Appetit seine beiden Sandwiches verschlungen hatte,

fragte er mich unvermittelt: »Gibt es etwas, das Sie belastet?« »Der Tod meines Onkels Floro«, sagte ich, ohne lange nachzudenken. Er sah mich forschend an, dann legte er das Sandwich zur Seite, kam auf mich zu, umarmte mich, schmiegte sich fest an mich und ging mit mir ans Fenster, öffnete es erneut sperrangelweit und begann, mich überall zu küssen und mich auszuziehen und auch sich auszuziehen, bis wir beide nackt waren, und streichelte meinen Körper, und seine Zunge war wie zehn Zungen, die mir Mund, Augen, Hals in Aufruhr versetzten, und irgendwann hätte eine Bombe über unseren Köpfen explodieren können, ohne dass ich mich von ihm gelöst hätte, der so tief in meinen Körper eingedrungen war, der mich in den tiefsten Tiefen küsste und mich durchflutete wie eine langsame, zähflüssige Welle, die immer mehr anschwoll.

Schweigend zogen wir uns wieder an. »Ich würde Sie gern jeden Tag sehen, für den Rest meines Lebens«, sagte er schließlich. »Sie werden mich sehen. Ich weiß zwar nicht, ob jeden Tag, aber Sie werden mich sehen«, sagte ich. »Ich weiß«, erwiderte er und begleitete mich zur Tür. »Aber nicht in diesem Büro«, sagte ich, bevor ich hinausging. »Wo Sie wollen«, antwortete er. Ich öffnete die Tür, und in dem Moment kam auch schon der Sekretär mit meinem Mantel auf mich zu. »Auf Wiedersehen, Amalia«, sagte mein Geliebter. »Bis morgen«, sagte ich leise, damit der Sekretär es nicht hörte.

Es war das letzte Mal, das wir uns in seinem Büro trafen.

Als Amalia zu Ende gelesen hatte, faltete sie den Brief sorgfältig und reichte ihn mir.

»Heb ihn gut auf«, sagte sie, während sie mir mit förmlicher Miene die Blätter übergab, so als legte sie mir damit die Welt zu Füßen, und in gewisser Weise tat sie das auch.

Ich dachte an meine Nächte mit Rafa, und plötzlich war ich furchtbar frustriert. Wie sollte ich jemals so etwas verspielt Sinnliches erleben wie das, von dem ich gerade gehört hatte? Mein derzeitiges Leben mit Rafa quoll nicht gerade über von solchen Erlebnissen. Wir waren ein ganz normales Paar, das nach einer gewissen Anzahl von Jahren allmählich den Spaß am Sex verloren hatte. Früher war das ganz anders gewesen. Fast schmerzlich stieg die Erinnerung an jenes erste Mal im Cajón del Maipo in mir auf, als Rafa mich auf einen flachen Felsen gelegt und entkleidet hatte, als stünde er auf einer Bühne. Und wir hatten tatsächlich ein Publikum, denn alles geschah vor den Augen einer Kuh, die uns mit derselben Miene anglotzte, mit der Kühe einen vorbeifahrenden Zug betrachten. Rafa liebte mich wie ein Soldat in der Nacht, bevor er in den Krieg zieht. Ich war achtzehn Jahre alt und er dreiundzwanzig. Von diesen beiden jungen Leuten hatten wir uns inzwischen weit entfernt.

»Ja, ich bewahre ihn auf. Danke, Amalia.«

Das war alles, was ich darauf sagte. Ich war verwirrt und ergriffen, und sie merkte es.

»Nur eins verstehe ich nicht: Warum hast du mit ihm Schluss gemacht?«, fragte ich sie nach einer Weile.

»Ich verstehe es selbst noch nicht. Manchmal haben diese Begegnungen eben nicht so sehr etwas mit Liebe zu tun, weißt du, als vielmehr mit einem selbst. Es ist schwer zu erklären, aber ich weiß nicht, ob Liebe in diesen Beziehungen eine so große Rolle spielt. Verstehst du, was ich meine?«

Ich verstand es, mehr oder weniger. Ich war in einem eher konservativen Milieu groß geworden, in dem das Leben einer Frau darin bestand, den Mann zu heiraten, in den sie sich mit ungefähr zwanzig verliebt hatte, von diesem Mann Kinder zu bekommen und mit ihm verheiratet zu bleiben, bis einer von beiden starb. Da schon in diesem Modell die Liebe nicht gerade eine große Rolle spielte, fand ich es nicht unbedingt sonderbar, dass es in der Beziehung, die Amalia mir beschrieben hatte, ähnlich war.

»Du meinst, es geht um Sex, nicht um Liebe. Ist es das?«

»Nein, auch nicht«, sagte sie. »Es geht um einen selbst.«

Ich beschloss, es dabei zu belassen.

Den restlichen Abend verbrachten wir damit, über den Mann zu reden, den sie vor einigen Tagen kennengelernt hatte, und als sie sich nachts gegen zwei Uhr verabschiedete, war mir klar, dass sie nicht nach Hause fuhr – ich wusste, dass Alberto im Norden unterwegs war –, sondern zu dem Maler.

Einen Monat später, als ich in ihr wächsernes Engelsgesicht blickte, bevor Albertos zitternde Hand das kleine Sargfenster schloss, fragte ich sie stumm: Was ist wirklich zwischen dir und diesem Mann passiert, den du so sehr geschützt hast? Und warum hast du dich so sehr bemüht, ihn zu schützen, wo doch du diejenige warst, die mit einem anderen verheiratet war? Mich schauderte vor dem Abgrund des Todes. Ich dachte an ihr Leben mit Alberto und an die Jahre, die sie mit ihrem Geliebten verbracht hatte, ohne dass sich dieser zwischen sie und ihren Mann geschoben hätte. Die Wochentage mit dem Geliebten, Samstag und Sonntag mit dem Ehemann, Januar mit dem Ehemann, Februar mit dem Geliebten. Sie hatte eine perfekte Doppelehe geführt, aber wie hatte sie das geschafft? Wie konnte sie so unbeschwert abwechselnd mit dem Ehemann und dem Geliebten zusammen sein und zwei verschiedene Leben führen, als wäre nichts dabei? Dass Alberto ständig auf Reisen war, reichte als Erklärung nicht aus. Ein Doppelleben ist für jede Frau kompliziert; Amalia machte daraus ein Spiel. Das war etwas, was Rafa ihr nicht verzeihen konnte. »Schon möglich, dass Alberto alle Mängel dieser Welt besitzt, dass er grob und unangenehm ist, aber so etwas verdient kein Ehemann«, sagte er. »Warum trennt sie sich nicht von ihm? Wozu bleibt sie mit einem Mann zusammen, den sie betrügt? Und findest du es nicht den Gipfel der Heuchelei, dass sie weiterhin jeden Sonntag zur Messe und sogar zur Kommunion geht?« Für mich war das alles andere als der Gipfel der Heuchelei, man musste Amalia einfach kennen, um sie zu verstehen. Amalia war gläubig, und sie hatte nicht das Gefühl, mit ihrer chronischen Untreue Gott oder den katholischen Glauben oder sonst irgendjemanden zu verletzen. Sie lebte alles mit beneidenswerter Unbefangenheit. »So bin ich nun mal«, versicherte sie vergnügt, »so ist meine Sexualität. Es wäre doch eher eine Sünde, wenn ich sie missachten würde. Das Leben ist nur erträglich, wenn Geist und Körper im Einklang sind.«

DER RICHTER

Die deutsche Uhr, auf der gleichzeitig die Wiener, Sankt Petersburger und Pariser Uhrzeit angezeigt wurde, meldete sich in Santiago alle halbe Stunde mit einem Glockenschlag, den Juan Manuel im Bad hörte. Schon seit einer ganzen Weile hielt er sich dort auf. Er öffnete das Arzneimittelschränkchen und nahm eine Tablette heraus, die er ohne Wasser schluckte. Dann blickte er in den Spiegel, ohne jedoch eine Beziehung zu seinem Gesicht zu finden. Als das Geheul eines Krankenwagens ertönte, begann er innerlich zu zittern. Er verließ das Bad und trat ans offene Fenster. Dort fuhr er. In Schlangenlinien raste er durch die Straße, mit seiner unheilvollen Sirene die Autos auseinanderscheuchend. Vielleicht war es der Wagen, der Amalias Leiche abholen sollte. Möglicherweise hatte es länger gedauert als erwartet, bis man sie gefunden hatte. Falls niemand sonst schon so früh Golf gespielt hatte, hatte sie vermutlich längere Zeit auf dem Rasen gelegen. Ganz sicher war außer ihr niemand um die Zeit dort gewesen, denn

Amalia war das einzige menschliche Geschöpf, das bei Tagesanbruch Golf spielte. Er riss sich vom Fenster los und kehrte zurück zu seinem Schreibtisch, auf dem ein Stapel Papiere lag, die er durchsehen musste. Ihm war, als hätte jemand hinter ihm die Vorhänge zugezogen. Er hörte sein Herz verzweifelt klopfen. Der Besuch des Journalisten hatte ihn aus der Fassung gebracht. Seine eigene Kaltblütigkeit auf dem Golfplatz hatte ihn aus der Fassung gebracht. Die erschreckende Spaltung. Auf dem Golfplatz, nur wenige Meter von Amalia entfernt, hatte er gespürt, wie er sich von sich selbst löste. Es war ein bestürzendes Erlebnis gewesen. Er hatte auf sie geschossen wie jemand, der auf eine Tür schießt, auf eine Glasscheibe, auf eine Mauer. Nicht eine Sekunde war er dabei mit seinem Inneren verbunden gewesen. Er erinnerte sich daran, wie er die Hand gehoben hatte, ohne das Gewicht der Waffe zu spüren, und wie er abgedrückt hatte, als sei Amalia irgendwo anders und dieses Wesen, das wenige Meter vor ihm stand, nur ein auf Pappe geklebtes Foto. Einen Moment war ihm alles wie eine Parodie erschienen. Sein halbes Leben lang hatte er Mörder im Gerichtssaal diesen Augenblick in allen Einzelheiten schildern hören, jetzt begann er zu begreifen, was es auf sich hatte mit diesem Irrsinn, dieser rasenden Wut, die einen so blendete, dass jede Verbindung zu sich selbst gekappt war ... *Mörder!*, hörte er den Präsidenten hinter sich murmeln. Er drehte sich um und blickte geradewegs in die lächelnden Augen seines Jugendfreundes. Dann meldete er sich über die Gegensprechanlage bei Ernesto.

»Was habe ich um eins?«

»Das Mittagessen zu Ehren von Don Vicente Matta.

Nicht vergessen, Don Juan Manuel. Ich habe ihm schon Ihre Karte geschickt.«

Das hatte er vollkommen vergessen. Vicente Matta hatte einen bedeutenden Preis erhalten, und das wollten sie im Freundeskreis feiern. Es würden all die Leute erscheinen, die von ihm erwarteten, dass er ihre private Telefonnummer und ihr Geburtstagsdatum kannte. Bei ihm lösten diese Zusammenkünfte nichts als Fluchtgedanken aus. Aber Vicente war ein guter Freund von ihm und einer der wenigen Menschen, mit denen er ab und an gerne essen oder im Parque Forestal spazieren ging, um sich über dies und das zu unterhalten und Bücher auszutauschen. Einmal hatte er den lebhaften Wunsch verspürt, sich ihm anzuvertrauen und ihm von seiner Beziehung zu Amalia zu erzählen. Jetzt bereute er, es nicht getan zu haben. Wenn Vicente sein Geheimnis geteilt hätte, wenn überhaupt irgendjemand sein Geheimnis geteilt hätte, wäre dieser fatale Moment wahrscheinlich niemals eingetreten. Aber wozu jetzt daran denken. Für die Feier hatten sie ein Restaurant reserviert. Er konnte nicht anders, als dieser gesellschaftlichen Verpflichtung nachzukommen.

»Wo liegt das Lokal?«

»In der Calle El Cerro, Don Juan Manuel. Hier habe ich die Adresse. Soll ich sie Ihnen diktieren?«

»Nein, ich frage Sie nochmals danach, wenn ich gehe«, sagte er und legte auf.

Gleich darauf rief er ihn erneut an.

»Sind irgendwelche Anrufe gekommen?«

»Nein, Don Juan Manuel. Es hat niemand angerufen. Ein Wunder, nicht wahr?«

Ein paar Tage später fragte er sich, was er den restlichen Vormittag über getan hatte, aber ihm fiel keine Antwort ein. Vielleicht war er in einen leeren Traum gesunken, in eine Art Betäubung, eine todesähnlichen Starre. Oder er war einfach mit offenen Augen auf dem englischen Stuhl sitzen geblieben und hatte sich von den durch die dicken Samtvorhänge gedämpften Geräuschen des äußeren Lebens von der verzehrenden Angst ablenken lassen.

Mittags um ein Uhr verließ er das Büro und nahm sich ein Taxi. Er fühlte sich zu erschöpft, um selbst zu fahren. Nachdem er dem Taxifahrer die Adresse genannt hatte, sank er in den Sitz und döste, bis sie am Ziel waren. Als der Wagen hielt und er abrupt den Kopf hob, wurde ihm so schwindelig, dass er fürchtete, sich übergeben zu müssen.

»Alles in Ordnung, Señor?«, fragte der Taxifahrer, der ihn durch den Rückspiegel beobachtete.

»Alles bestens, vielen Dank, ich habe nur heute Nacht sehr schlecht geschlafen, das ist alles«, sagte Juan Manuel und gab ihm ein großzügiges Trinkgeld.

»Danke, Señor, sehr liebenswürdig.«

Er betrat das Restaurant und erkundigte sich, ob Vicente Matta schon eingetroffen sei.

»Er selbst noch nicht, aber mehrere Herren warten bereits im zweiten Stock«, antwortete ihm ein Kellner, der ihm den Mantel abnahm.

Eine halbe Stunde später saß er an einem Tisch in Fensternähe zwischen einem stämmigen Kerl, der stark nach Knoblauch roch, und Felipe Arena, dem Präsidenten des Berufungsgerichts. Sein Nachbar mit dem Knoblauchgeruch redete wie ein Wasserfall, mit lauter Stimme, vom

Wein angeheitert. Ein sympathischer älterer Herr, dessen Sätze gespickt waren mit Ausdrücken, die Juan Manuel noch nie im Leben gehört hatte. Santiago gefalle ihm außerordentlich gut, sagte er. Ignoranten würden behaupten, die Stadt sei ein Dorf, ein langweiliges Kaff, aber sie hätten keine Ahnung, wovon sie da redeten. Er dagegen finde, Santiago sei eine großartige Stadt. Sie stehe Buenos Aires, wo er ein paar Mal gewesen sei, in nichts nach.

»Wenn wir über Dörfer sprechen, dann trifft das schon eher auf Concepción zu, mein lieber Juan Manuel. Dort sollten wir uns mal treffen.«

Er fand es bemerkenswert, dass sein Nachbar in so vertrautem Ton mit ihm sprach, obwohl er ihn kaum kannte. Das sind die Freiheiten, die alte Menschen sich nehmen, dachte er und wünschte sich plötzlich aus tiefstem Herzen, er wäre schon achtzig wie dieser Mann, hätte alles erlebt und wäre zum Sterben bereit, ohne dass ihm der Tod noch etwas ausmachte. Seinen Nachbarn schätzte er mehr oder weniger auf dieses Alter, obwohl er wesentlich jünger wirkte.

»Wenn Sie dort leben würden, wüssten Sie, was ich meine.«

»Sie leben in Concepción?«, fragte Juan Manuel, den der alte Mann zu interessieren begann.

»Dort bin ich geboren, dort wurde ich zu dem Mann, der ich heute bin, dort arbeite ich, und dort habe ich eine prachtvolle Frau geheiratet, die sich als die beste Ehefrau der Welt entpuppt hat. Dort haben wir unsere neun Kinder großgezogen, und dort will ich sterben. Nur nicht allzu bald, hoffe ich. Und lassen Sie mich Ihnen eines sagen:

Concepción mag ein mickeriges Kaff sein, aber es ist meins«, schloss er und ließ ein ehrliches, gutmütiges Lachen ertönen, das Juan Manuel gefiel.

»Neun Kinder!«

»Ganz genau. Und Sie?«

»Ich habe weder Kinder noch eine prachtvolle Frau«, antwortete Juan Manuel und bemühte sich um einen sympathischen Ton.

»Junggeselle? Kaum zu glauben! Was haben Sie denn all die Jahre gemacht, mein Lieber? Die Ehe mag eine nervige Angelegenheit sein, und manchmal sogar nervtötend, soll Ihnen da bloß niemand was anderes weismachen, aber es ist die beste Art zu leben. Glauben Sie mir! Sie glauben mir doch, oder?«

»Ja, ich glaube Ihnen, natürlich glaube ich Ihnen, einen Grund muss es ja geben, warum die Leute heiraten, oder? Aber man muss die Richtige finden.«

»Hat denn bei keiner Frau die Chemie gestimmt?«

»Doch, bei vielen, aber nicht so, dass es zum Heiraten gereicht hätte. Das heißt, ein paar Frauen wollten mich heiraten und ich wollte nicht, andere wollte ich heiraten, aber sie wollten nicht. Ich hatte eben kein Glück.«

»Dann hat es wohl bei keiner richtig gefunkt, ich meine, wirklich und wahrhaftig gefunkt, mein Freund. Denn wenn das passiert, ist es immer beidseitig.«

Juan Manuel sah ihn schmunzelnd an.

»Was machen Sie in Concepción?«

»Ich leite die Provinzausgabe von *El Tiempo*«, antwortete der Mann und hielt ein Streichholz an seine Pfeife, an der er zwei-, drei-, viermal zog, bis sie brannte.

Juan Manuel spürte sein Herz schneller klopfen.

»Ach was! Wann sind Sie denn nach Santiago gekommen?«

»Heute. Mit der Morgenmaschine.«

»So ein Zufall! Dann sind Sie ja mit Samuel Cooper geflogen. Ich hatte eben ein Treffen mit ihm. Hat er Ihnen nicht von unserem Interview erzählt?«

»Nein, ich habe ihn nicht gesehen. Warum sollte ich mit Samuel reisen, wenn er hier wohnt?«

»Na ja, weil er immer zur Montagsbesprechung nach Concepción fliegt, zur Redaktionskonferenz Ihrer Zeitung. Oder etwa nicht?«

»Zu welcher Besprechung?«

»Treffen Sie sich nicht immer montags in Concepción?«

»Nicht dass ich wüsste. Ich habe ihn schon lange nicht mehr gesehen. Eigentlich habe ich ihn seit meiner letzten Reise nach Santiago nicht mehr gesehen, ich glaube, das war vergangenes Jahr.«

»Sonderbar. Mir hat er gesagt, er sei gerade aus Concepción gekommen. Könnte es denn nicht sein, dass er dort war, bei der Zeitung, und dass Sie es nicht mitbekommen haben?«

»Nicht mitbekommen? Unmöglich, mein Lieber! Ich bin wie dieser Herr, der einmal gesagt hat, in diesem Land bewege sich kein Blatt, ohne dass er es mitbekäme. Aber das ist auch das Einzige, was uns verbindet. Dieser Herr hat mir nämlich nie gefallen. Aber in meiner Zeitung bewegt sich wirklich kein Blatt, ohne dass ich es mitbekomme. Wenn er Ihnen gesagt hat, er sei gerade aus Concepción gekommen, muss das ein Irrtum sein, denn ich kann Ihnen versichern, dass er schon lange nicht mehr dort war. Wir sind doch immer diejenigen, die hierherkommen. Sie wissen ja, Santiago befiehlt. Traurig, aber wahr.«

Juan Manuel blickte ihn schweigend an. Cooper hatte ihn belogen. Er war nicht nach Concepción geflogen. Oder vielleicht doch, aber nicht zur Besprechung mit den Zeitungsleuten. Diese angebliche wöchentliche Redaktionskonferenz gab es nicht einmal.

»Entschuldigen Sie mich bitte«, sagte er zu seinem Nachbarn und erhob sich, um auf die Toilette zu gehen.

Als er zurückkam, brachte der Alte gerade einen Toast aus.

»Auf *El Tiempo* aus Concepción, die älteste Zeitung Chiles, auch wenn Ihr Santiaguinos sie für zweitrangig haltet«, rief er und ließ wieder sein polterndes Lachen ertönen. »Und auf meinen guten Freund Vicente Matta, der immer mit uns zusammengearbeitet hat. Allerdings bin ich mir absolut sicher, dass er seine fabelhaften Kolumnen nie gelesen hat, nachdem sie in unserer Zeitung erschienen sind, denn obwohl er selbst aus Concepción stammt, ist er ins santiaguinische Trikot geschlüpft. Ist es nicht so, mein Junge? Prost!«

Wieder Gelächter und Applaus an allen Tischen.

»Glückwunsch«, sagte der Richter und schüttelte ihm die Hand, »ich freue mich, dass Sie auf das Desinteresse der Santiaguinos an den Provinzen angespielt haben, wir Santiaguinos können nämlich sehr arrogant sein, wenn es um die Provinzen geht.«

»Ganz genau, arrogant sind Sie. Die Zeitung *El Tiempo* zum Beispiel, wussten Sie eigentlich, dass die in Concepción entstanden ist? Wussten Sie das? Aber irgendwann waren wir dann passé, niemand hat sich mehr für uns interessiert. Heute könnte unsere Ausgabe sogar den Namen wechseln, und ich wette mit Ihnen, hier würden es die Leute nicht mal merken. Natürlich gibt es Ausnahmen, klar, und Samuel Cooper, das muss ich Ihnen sagen, der ist so eine Ausnahme. Er ruft immer an und erkundigt sich, wie es denn so läuft bei uns. Er vergisst nie, dass es uns gibt.«

»Kennen Sie ihn gut?«, fragte Juan Manuel.

»Ja, natürlich kenne ich ihn gut.«

»Er ist doch in Ordnung, oder?«

»Absolut in Ordnung. Ich schätze ihn sehr.«

»Ist er verheiratet?«

»Keine Ahnung. Nicht die leiseste Ahnung. Über sein Leben weiß ich eigentlich gar nichts, außer dass er sich schlecht kleidet und ein ausgezeichneter Journalist ist. Ja, ich glaube, er ist verheiratet.«

Als Juan Manuel nachmittags wieder im Gericht war, bat er Ernesto, ihm einen Gefallen zu tun.

»Zu Diensten.«

»Ich möchte, dass Sie herausfinden, wo Samuel Cooper wohnt. Aber bitte diskret, ich würde ihn nämlich gern überraschen. Wir mussten unser Interview abbrechen, weil ich mich gar nicht gut fühlte, und jetzt würde ich mich gern mit einer Flasche Whisky bei ihm entschuldigen. Ich habe das Gefühl, ich war sehr unfreundlich zu ihm.«

»Das kriege ich in zehn Minuten raus.«

»Noch etwas, Ernesto. Wissen Sie, ob Cooper verheiratet ist?«

»Wollen Sie der Frau auch etwas schicken?«, fragte Ernesto und verzog den Mund zu einem Schmunzeln.

»Nein, reine Neugier.«

Eine halbe Stunde später betrat Ernesto sein Büro.

»Don Samuel Cooper wohnt in La Reina, in der Calle Talimay 2055. Er ist mit Dolores Sanfuentes verheiratet, sie haben zwei Töchter, dreizehn und fünfzehn Jahre alt, und eine siamesische Katze.«

DER JOURNALIST

Ich hatte das Gefühl, auf der ganzen Linie versagt zu haben. Es war mir nicht gelungen, den Richter zu interviewen, und ich hatte mich nicht getraut, ihn zu fragen, warum er durch den Zaun am Golfplatz auf die Straße gekrochen war. Von seinem Büro aus fuhr ich auf direktem Weg zur Zeitung. Alicias Computer war eingeschaltet, auf dem Bildschirm prangte ein halb fertiger Text.

»Sie ist gerade Hals über Kopf los«, sagte der Neue, ein frischgebackener Journalist, der, wenn es nach mir gegangen wäre, niemals eine Stelle bei unserer Zeitung bekommen hätte. Persönlich hatte ich zwar nichts gegen den jungen Mann, hätte ihn aber auf keinen Fall für das politische Donnerstags-Interview eingestellt, für das ich lange Jahre selbst verantwortlich gewesen war. Er litt unter unheilbarer Arroganz. Er tat, als hätte er die Weisheit erfunden. Und er war unglaublich rücksichtslos. Einer von diesen verwöhnten Jüngelchen aus wohlhabendem Hause, die ihren Geländewagen im Blumenbeet parken. Aber sein Vater war mit dem Herausgeber befreundet.

»Wo ist sie hin?«, fragte ich gereizt. Der Anblick des auf dem Boden kriechenden Richters, mein mangelnder Mut, ihn während unseres misslungenen Interviews darauf anzusprechen, kurz, alles, was passiert war, hatte mich nervös und reizbar gemacht. Als ich den Jungjournalisten mit seiner pausbäckigen Stimme sagen hörte, »sie ist zum Golfclub«, schoss mir ein Schwall Adrenalin durch den Körper. Mir wurde heiß.

»Zu welchem Golfclub?«

»Zum einzigen hier. Haben Sie das denn nicht mitgekriegt?«, fragte er, selig, mir eins auswischen zu können.

»Was mitgekriegt?«, brüllte ich fast und merkte sogleich, dass ich dem Neuen einen gehörigen Schreck einjagte. Was ist denn mit dem los?, schienen seine karamellbraunen Augen zu fragen.

»Heute Morgen ist die Frau von Alberto Mancilla im Golfclub Las Condes ermordet worden«, antwortete er.

»Die Frau von Mancilla, dem Unternehmer?«

»Amalia Griffin. So hieß sie.« Und dann gab er mir triumphierend, mit der typischen Erregung des Journalisten, der etwas weiß, was sein Gesprächspartner nicht weiß, eine Zusammenfassung der Geschehnisse.

»Gegen acht Uhr morgens fand ein Gärtner, der den Rasen ausbesserte, eine Frauenleiche. Der Mann hat erzählt, sie sei noch warm gewesen, demnach muss sie zwischen sieben und acht Uhr morgens ermordet worden sein, kurz bevor er an der Stelle vorbeikam. Im Augenblick ist die Polizei im Club. Haben sie im Radio gesagt.«

Ich hatte das Gefühl, dass ich jeden Moment umkippen würde, wenn ich mich nicht gehörig zusammenriss.

»Wie wurde sie denn getötet?«

»Erschossen.«

»Und von wem?«

»Die Millionenfrage, Chef.«

Wenn das keine Nachricht war! Deshalb also war er wie ein Hühnerdieb unter dem Zaun hindurchgekrochen. Er hatte gerade den Tatort verlassen! Du meine Güte! Was für ein Hammer! Ich hatte den Richter Juan Manuel Rementería leibhaftig den Ort verlassen sehen, an dem er soeben diese Frau umgebracht hatte. Seine Hast, sein Blick nach rechts und links, um sich zu vergewissern, dass niemand da war … Der Richter war vom Golfplatz geflüchtet, nachdem er sie erschossen hatte. Und ich hatte ihn gesehen. Ich hatte den Beweis mit eigenen Augen gesehen. Hatten sie ein Verhältnis gehabt? Höchstwahrscheinlich. Ich hielt den Fall des Jahrhunderts in Händen. Ein Richter vom Obersten Gerichtshof, der seine Geliebte auf einem Golfplatz des Clubs Las Condes erschießt. Ich spürte, wie mir der Schweiß die Stirn herunterlief.

»Wurde die Leiche schon geborgen?«, fragte ich.

»Ja, sie liegt im Leichenschauhaus«, sagte der Neue.

»Und was macht Alicia dann im Golfclub, wenn die Leiche im Leichenschauhaus liegt?«

Der Neue zuckte mit den Schultern.

»Was weiß ich.«

In einem Mordfall darf ein Journalist dem Anblick der Leiche nicht aus dem Weg gehen, hatte ich ihnen immer wieder eingebläut. Aber die Journalisten von heute mit ihren Computern haben panische Angst vor Toten, sie ziehen die Keimfreiheit des Internets vor, in dem es nicht stinkt und keine verwesenden Kadaver herumliegen.

In Windeseile rief ich Francisco an. Ich wollte nicht, dass er von der Sache erst beim Sender erfuhr, dass es ihn mitten in den Aufnahmen kalt erwischte. Dann verließ ich das Gebäude und nahm mir ein Taxi.

»Fahren Sie mich bitte zum Golfclub Las Condes.«

»Ich nehme an, es geht um den Mord an der Frau dieses Unternehmers. Die lassen niemanden durch, aber Sie als Journalist kriegen bestimmt keine Probleme«, sagte der Fahrer, der mich wiedererkannt hatte, vermutlich aus einer dieser Talkshows im Fernsehen. »Im Radio reden sie von nichts anderem. Gerade läuft ein Bericht darüber.«

»Könnten Sie bitte lauter stellen?«, bat ich ihn.

Ich erkannte die Stimme von Carmen Cáceres: *Gegen acht Uhr heute Morgen wurde Amalia Griffin, die Ehefrau des Unternehmers Alberto Mancilla, durch eine Kugel in die Brust getötet. Der Mord ereignete sich in einem der hinteren Bereiche des Golfclubs Las Condes, den das Opfer wie jeden Dienstag schon sehr früh aufgesucht hatte. Die Polizei hat die an das Clubgelände angrenzenden Straßen abgeriegelt und sucht die gesamte Gegend mit Polizeihunden nach Spuren ab.*

Eine halbe Stunde später hielt der Taxifahrer vor einer Kirche.

»Wir sind da«, sagte er. »Weiter kann ich Sie nicht bringen. Das letzte Stück müssen Sie zu Fuß gehen. Macht tausendzweihundert Pesos.«

Ich ging auf einen Polizisten zu und zeigte ihm meinen Presseausweis.

»Von *El Tiempo*? Gehen Sie durch.«

Der Parkplatz des Golfclubs war fast leer. Ein Lieferwagen und vier oder fünf Pkws standen dort, einer davon gehörte höchstwahrscheinlich der Ermordeten, außerdem zwei Funkstreifenwagen der Polizei mit blinkendem Blaulicht. Amalia sei ins Leichenschauhaus gebracht worden, teilte mir der Verwalter des Clubs mit, und dann erklärte er mir, die Señora sei jeden Dienstag zum Golfspielen hergekommen. Sie habe immer alleine gespielt, was an sich schon recht merkwürdig gewesen sei. Und obendrein habe sie am liebsten frühmorgens, um sieben Uhr, angefangen, manchmal sogar noch früher. Er wisse nicht, wie sie überhaupt den Ball habe sehen können, denn an Wintertagen zum Beispiel sei es auf dem Platz noch dunkel gewesen. Einmal habe er sie darauf angesprochen, und sie habe gesagt, sie laufe herum, bis es hell werde. Der Club sei zu dieser Zeit eigentlich noch nicht geöffnet, aber Don Alberto, ihr Mann, setze seine Wünsche immer durch, und so habe man für sie eine Ausnahme gemacht. Der Hausmeister habe ihr immer die Tür geöffnet. »Ich kannte sie schon, als sie noch so klein war«, fügte er hinzu und hielt seine flache Hand auf Kniehöhe. »Wir waren Nachbarn, wir lebten in derselben Straße, in der Calle Valencia, in Ñuñoa. Diesen Posten hat sie mir verschafft«, erklärte der Mann mit tief gerunzelter Stirn. Auch die Angestellten hätten sie sehr geschätzt. Ihr Tod werde ihnen sicher furchtbar nahegehen. Nein, von ihnen sei noch keiner da gewesen, als es passiert sei. Sie kämen erst jetzt. Außer dem Hausmeister sei nur noch Tomás um diese Zeit im Club gewesen. Tomás, das sei einer der Gärtner, der frühmorgens immer den Rasen mähe. Er habe sie gefunden. Der Mörder sei sicher einer dieser Verbrecher gewesen, die manchmal auf Sportplätzen übernachteten.

»Ich weiß nicht, was mit Santiago los ist, Señor. Früher war die Stadt so sicher, man konnte ohne jedes Risiko um drei Uhr morgens durch die Straßen laufen. Aber sehen Sie sich mal an, wie das heute ist ... Wenn ein Ort wie dieser nicht mehr sicher ist, was bleibt uns dann noch? Ich könnte wetten, dass diese Bestie sie vergewaltigt hat. Ich wollte sie mir gar nicht anschauen, ich wollte sie lieber nicht sehen. Die arme Señora. Sie war so schön. Señora Amalia war eine wunderschöne Frau und der umgänglichste Mensch, den man sich vorstellen kann. Mich hat sie sehr gemocht.«

»Hat sie immer alleine gespielt?«, fragte ich.

»Immer.«

»Und ihr Mann? Hat der sie nicht manchmal begleitet?«

»Wo denken Sie hin! Don Alberto ist zwar Mitglied der Clubleitung, aber ich habe ihn nicht öfter als zwei oder drei Mal hier gesehen.«

»Danke für Ihre Auskünfte«, sagte ich später, beim Abschied, und reichte ihm meine Visitenkarte. »Falls Ihnen noch irgendetwas einfällt, ganz egal was, rufen Sie mich bitte an.«

Bedrückt verließ ich den Club. Die Straße, die Autos, die Ampeln, der klare, kalte Himmel, die Leute und ihre Eile, alles sah genauso aus wie an jedem anderen Tag des Jahres, aber in meinem Innern hatte sich etwas verändert.

TERESA

Amalia war stets zu allem bereit. Es gefiel ihr, sich in ein Abenteuer zu stürzen und kurz darauf wieder auszusteigen, so als sei das Leben ein Zug und sie erwarte ihn mal an diesem, mal an jenem Bahnhof. Selten habe ich jemanden kennengelernt, der sich so leicht von einer plötzlichen Begeisterung mitreißen ließ. Sie lebte jenseits der Realität. Sie kannte keine Geldsorgen und wusste nicht, was es hieß, zu arbeiten, um sich seinen Lebensunterhalt zu verdienen. Sie hatte zwar immer gearbeitet, aber selbst ihre Tätigkeit in der Bibliothek war für sie nur ein weiteres Abenteuer, so kam es mir wenigstens vor, denn wer säße sonst freiwillig täglich acht Stunden in einem Kabäuschen und blättert in einem Haufen nach Schokolade riechender Papiere, wenn er nicht darauf angewiesen ist?

»Hast du kein schlechtes Gewissen, wenn du Alberto betrügst?«, fragte ich sie bei einem unserer Treffen, weil das Thema mir einfach keine Ruhe ließ.

»Nein«, antwortete sie vollkommen ehrlich, »es macht

mir überhaupt nichts aus. Für Alberto geht es um den Ruf, nicht um die Liebe. Ich bin sicher, wenn er dahinterkäme, würde es ihm zwar etwas ausmachen, natürlich würde es ihm etwas ausmachen, aber vor allem wegen seines Ansehens. Sein Ego stünde vor dem Rest der Welt geschunden und zertreten da, und das würde ihn kränken.«

»Warum trennst du dich nicht von ihm?«

»Weil ich ihn liebe. Auch wenn es dir vielleicht nicht einleuchtet, ich bin lieber mit ihm verheiratet als im Leben allein. Deshalb finde ich auch, dass ich kein Recht habe, ihn zu verletzen. Versteh doch, Teresa, Alberto ist einfach zu reich, und für einen Millionär wird die Ehefrau mit der Zeit zu einem seiner vielen Besitztümer. Alberto ist beziehungsunfähig, er hat keine Verbindung zu seinen Gefühlen, all seine Beziehungen basieren darauf, dass er derjenige ist, der die Regeln vorgibt. Das ist das Drama aller Reichen, weißt du.«

Man hätte annehmen können, dass sie aus ökonomischen Beweggründen, Bequemlichkeit oder Ähnlichem mit Alberto verheiratet blieb, doch ich glaubte ihr, dass sie ihn liebte. Amalia war sehr widersprüchlich. Ihr Verhalten mochte aussehen wie Betrug, Rafa zum Beispiel hat das immer so gesehen – einen Menschen, den man liebt, hintergeht man nicht so unverfroren, sagte er –, doch im Grunde fühlte Amalia sich wohl in ihrer Ehe. Ich glaube zwar nicht, dass sie in ihren Mann verliebt war, leidenschaftlich verliebt, wie man so schön sagt, aber sie achtete und bewunderte ihn. Für mich war er ein ganz gewöhnlicher Mann, nichts Besonderes, ein ziemlicher Grobian, eher unsympathisch, jemand, der in den Jahren der Militärregierung ein Riesenvermögen angehäuft hatte, wie viele andere auch.

Amalia hatte nie Kinder bekommen. Ich auch nicht, aber im Unterschied zu mir hatte sie deshalb keine bekommen, weil sie keine wollte. Einmal fragte ich sie, ob sie das gleiche Leben führen würde, wenn sie Kinder hätte, worauf sie mich völlig überrascht ansah, so als könne ich mir diese Frage doch wohl selbst beantworten. »Natürlich nicht«, entgegnete sie, »dann gäbe es ja diese Leere nicht.« Ich war nie auf den Gedanken gekommen, dass ihr Geliebter eine Leere ausfüllte. Behauptete sie denn nicht stets, das sei ihre Natur und das Leben könne man nur ertragen, wenn Körper und Geist miteinander im Einklang seien? Und warum hatte sie keine Kinder haben wollen? Nun ja, auf solche Fragen gibt es keine simplen Antworten. Und Amalia war kein einfacher Mensch. Jedenfalls war sie eine der wenigen Frauen, die ich kannte, die nach einer beendeten Liebesbeziehung nicht deprimiert waren und zehn Kilo abnahmen.

In einem Buch über Iris Murdochs Leben wird eine Szene beschrieben, die mir monatelang nicht aus dem Kopf ging. Es wird geschildert, wie ihr Partner sie in ihrer Londoner Wohnung mit einem ihrer zahlreichen Freunde im Bett erwischt und sie von der Tür aus beobachtet. Jahre später packt diesen Mann, der inzwischen ein Leben lang mit ihr verheiratet ist, eines Nachts die Verzweiflung, als sie bereits in unfreiwilligem Schweigen versunken ist. Er schüttelt sie und schreit sie an, dass er sie hasse, weil er nie wirklich gewusst habe, wer sie sei, und er sie jetzt, da sie in ihrer finsteren Alzheimerwelt umherirre, auch nicht mehr kennenlernen könne.

Und ich, wie gut kannte ich Amalia? Kannte sie überhaupt jemand?

Ich war ja seit Kindertagen mit ihr befreundet. Ganze Nachmittage hatten wir damals mit Dafne und Caliope gespielt, zwei Stoffpuppen, die Onkel Floro für uns genäht hatte. Diese Amalia kannte ich so gut, wie man eine Schwester jemals kennen kann, aber die Amalia von später, die sich aus dem großen, lustigen, ziemlich durchgedrehten Mädchen entwickelt hatte, habe ich die gekannt? Die Frau, zu der das junge Mädchen geworden war, das Onkel Floro mehr liebte als jeden anderen Menschen auf der Welt und das, als er an Krebs starb, eine Woche lang vor Kummer nichts gegessen und mit niemandem gesprochen hatte – habe ich sie wirklich gekannt? Oder war ich mein Leben lang ihre Freundin, ohne zu begreifen, wer sie war? Ist es möglich, einer Freundin so lange so nah zu sein, um dann nach ihrem Tod festzustellen, dass man im Grunde nichts über sie weiß?

DER JOURNALIST

Eine in schwarzes Seidenpapier gewickelte und mit einem weißen Satinband verschnürte Flasche. Wollte er mich zum Schweigen bringen? Am Tag nach unserem verpatzten Interview schickte mir der Richter diesen irrsinnig teuren Whisky und dazu ein paar freundliche Zeilen, in denen er sich für sein Verhalten entschuldigte. Er sei bereit, mich nochmals zu empfangen, wann immer es mir recht sei. Aber ich freute mich keineswegs über dieses Geschenk, im Gegenteil, damit trat eine neue Angst in mein Leben. Der Richter wusste also, wo ich wohnte. Sollte ich ihn irgendwann mit meinem Wissen konfrontieren, musste ich mir eine andere Geschichte ausdenken, um meine Anwesenheit in Franciscos Wohnung zu erklären. Eine Woche verging, bevor ich ihn erneut anrief. Tage, in denen ich umherlief wie ein Schlafwandler. Die alten Ängste kehrten zurück, mit Pauken und Trompeten. Ich fühlte mich wie besessen. Von der Zeitung fuhr ich zum Leichenschauhaus, um mit dem Direktor zu sprechen. Vom Leichenschauhaus zum Kommissariat, um mich zu erkundigen, wann entschieden sei, wer die Ermittlungen leiten würde. Wir geben Ihnen Bescheid, sagte man mir, wir geben Ihnen Bescheid, aber ich hatte das Gefühl, dass überhaupt nichts passierte. Vom Kommissariat fuhr ich nach Hause, und dort saß ich eine Weile im Halbdunkel und sah meinem Kater zu, der unruhig umherstreifte, weil er es gewohnt war, dass ich mich mit ihm beschäftigte. Von meinem Haus aus fuhr ich zu Francisco, dessen übertriebene Sorge mich noch nervöser machte. »Du bekommst noch einen Herzinfarkt. Du kannst nicht länger so tun, als wüsstest du nicht, was du weißt. Du musst mit der Polizei reden. Eine Information dieses Kalibers kannst du nicht für dich behalten. Das ist schlicht und einfach eine Frage der Ethik. Begreifst du das denn nicht? Was willst du tun, wenn sie jemand anders des Mordes beschuldigen? Wirst du zulassen, dass sie einen Unschuldigen einsperren?«

Ich quälte mich mit dem Gedanken, Francisco gehe es im Grunde nur darum, dass ich mich outete – wie ich diesen Ausdruck hasste –, die ethischen Fragen seien nur ein Vorwand. Francisco wollte immer das Richtige tun, seine Bedenken waren legitim, aber für mich kam es absolut nicht infrage, diese Geschichte als die große Gelegenheit zu nutzen, um unsere Beziehung öffentlich zu machen. Francisco verstand sich gut mit allen Leuten um ihn herum, und obwohl mich das anfangs ein wenig misstrauisch gemacht hatte, sah ich ein, dass es nun mal Leute gibt wie ihn, deren größte Anziehungskraft darin liegt, dass ihnen Angst und Misstrauen gegenüber anderen Menschen, etwas, was mir ständig zusetzt, so gut wie fremd sind.

»Begreifst du denn nicht, dass ich für dich dasselbe will?«, fragte er mich.

»Und was würde mir das bringen?«, entgegnete ich ihm.

»Wir könnten zusammenleben und uns die Zeit widmen, die uns zusteht, wir bräuchten uns nicht ein Leben lang für etwas zu schämen, was gar keine Schande ist, und wir könnten unserer Liebe den Raum geben, den sie zum Wachsen braucht. Ist dir das denn nichts wert? Glaubst du, deine Töchter würden das nicht irgendwann verstehen? Wir sind doch keine Verbrecher, Samuel! Unsere Beziehung hat nichts Beschämendes. Wir lieben uns, wir achten uns.«

»Ich bin noch nicht so weit«, antwortete ich verwirrt und fühlte mich klein und schäbig.

»Irgendwann wirst du es sein.«

»Warum bist du dir da so sicher?«

»Ich glaube, ich kenne dich und weiß, dass du irgendwann nicht mehr so weiterleben kannst, als sei das Leben die berühmte Medaille mit den zwei Seiten.«

Natürlich war es das! Eine Medaille mit zwei, drei, sogar zwanzig Seiten. Hatte denn nicht jeder auch seine Abgründe, sein zweites Ich? Wer wollte behaupten, wir Menschen seien alle nach demselben Muster gestrickt, ohne Zwiespältigkeiten, einer dem anderen gleich? Francisco hatte nie in einer anderen Welt gelebt als der der Homosexuellen, er litt unter keinem meiner Widersprüche, und er hatte sich nie sexuell von einer Frau angezogen gefühlt. Er war zwar mit vielen Frauen befreundet, hatte aber mit keiner von ihnen jemals etwas gehabt. Sehr jung schon hatte er seine Neigung bemerkt, und seine Eltern hatten ihn unterstützt.

Ende der Woche erhielt ich einen Anruf aus dem Polizeikommissariat. Man habe den Fall Amalia Griffin dem Hauptkommissar Rogelio Fuenzalida übertragen. Er stehe mir für alles, was die Zeitung brauche, zur Verfügung.

»Rogelio Fuenzalida?«

Sofort tauchte in meiner Erinnerung das Gesicht des Kommissars aus Rancagua auf, der vor vielen Jahren die Ermittlungen in einem üblen Fall geleitet hatte, einem grauenvollen Verbrechen, das monatelang die Titelseiten beherrscht hatte. Der Sohn eines Politikers aus der Gegend hatte seine Freundin ermordet, außerdem die Mutter der Freundin und die zweijährige Tochter der Hausangestellten, die gerade Brot kaufen gegangen war. Als sie zurückkam, entdeckte sie das Blutbad. Die drei Leichen lagen im Wohnzimmer, und an die Wände hatte der Mörder das Wort »Hure« geschmiert. Ich musste damals über diesen Fall berichten – es war einer meiner ersten Kriminalfälle – und hatte mehrmals mit Kommissar Fuenzalida gesprochen.

»Ja«, sagte der Inspektor, der mich angerufen hatte. »Kennen Sie ihn?«

»Kommt er aus Rancagua?«, fragte ich.

»Ja, in der Tat. Er ist in Rancagua geboren, lebt aber schon seit einigen Jahren mit seiner Familie in Santiago. Kennen Sie ihn?«, wiederholte der Inspektor.

»Wir hatten vor Jahren in einem Mordfall miteinander zu tun«, erwiderte ich.

Ich hatte Fuenzalida als einen hervorragenden Menschen in Erinnerung, und die Nachricht, dass er es war, der die Ermittlungen leiten würde, erleichterte mich. Plötzlich fühlte ich mich gut, und in einem Anflug von Optimismus beschloss ich, Rementería anzurufen, um mich für die Flasche Whisky zu bedanken und einen neuen Termin für ein Interview zu vereinbaren. Anschließend würde ich ins Kommissariat fahren und mit Fuenzalida sprechen. Ich rief den Richter an, der zu meiner Überraschung anbot, mich noch am selben Nachmittag zu empfangen.

»Um wie viel Uhr möchten Sie denn kommen?«, fragte er.

»Ich muss noch ein paar Dinge im Kommissariat erledigen, von dort aus könnte ich dann zu Ihnen ins Büro kommen. Wäre Ihnen sieben Uhr recht?«

»Sehr gut, ja, sehr gut«, sagte er mit müder Stimme. »Um die Zeit sind die meisten Leute gegangen, und wir können uns in Ruhe unterhalten.«

Auf dem Weg zum Kommissariat fragte ich mich, warum Fuenzalida sofort eingewilligt hatte, mich zu treffen. Ich hatte nicht mit ihm persönlich gesprochen, aber der Kriminalinspektor hatte mich zurückgerufen, um mir zu sagen, Fuenzalida werde mich um zwei Uhr empfangen.

Die Ermittlungen standen noch ganz am Anfang, und Kriminalkommissare gehen Journalisten normalerweise aus dem Weg, besonders zu Beginn ihrer Untersuchungen. Denn für einen polizeilichen Ermittler gibt es nichts Störenderes als einen Journalisten, der seine Nase in den Fall steckt und seinen Senf dazugibt. Gab es vielleicht doch schon einen Verdächtigen? Irgendeine Spur, die auf den Mörder hinwies? Für mich stand jedenfalls fest, dass ich ihm nicht erzählen würde, dass ich den Richter am Morgen des Verbrechens vom Golfplatz hatte flüchten sehen.

Einmal mehr würde ich lügen. Was blieb mir anderes übrig?

»Möchten Sie zu Fuenzalida?«, fragte mich der Inspektor, der mich auch angerufen hatte, in freundlichem Ton. »Hier entlang, bitte.«

Er führte mich durch einen dunklen, feuchten Flur bis zu einem kleinen Zimmer, in dem eine nackte Glühbirne gelbliches Licht verbreitete. Ein Tisch. Ein ziemlich ramponierter Garderobenständer. Ein Stuhl. Das war das ganze Mobiliar. Ein dünner Mann um die fünfzig, mit zerzaustem Haar, tippte auf einer alten elektrischen Schreibmaschine. Er sah schlecht aus. Oder war es das funzelige Licht der Glühbirne, das ihn so blass erscheinen ließ? Jedenfalls wirkte er kränklich und schwach. Er war sehr schlicht gekleidet, ähnlich wie ich, das heißt fast so nachlässig wie ich. In seinem grün-braun karierten Jackett, das gute fünfzehn Jahre auf dem Buckel zu haben schien, versank er förmlich. Wahrscheinlich hatte er es von jemandem geschenkt bekommen, der zwei Kleidergrößen mehr trug als er, dachte ich. Aus seinem fast vollständig ergrauten Haar stachen ein paar einzelne schwarze Strähnen hervor. Sein Gesichtsausdruck aber war genau so, wie ich ihn in Erinnerung hatte. Es gibt Menschen, in deren Zügen nichts Dunkles liegt, unabhängig davon, ob sie hässlich sind oder nicht. Nach diesem Hellen habe ich stets im Blick der Leute gesucht, denen ich begegnete. Und der Mann, der dort vor mir saß, hatte es. Der Inspektor klopfte an die Tür, und er hob den Kopf.

»Fuenzalida. Hier ist der Journalist.«

»Danke, dass Sie gekommen sind«, sagte er, ganz offensichtlich, ohne mich wiederzuerkennen. Er stand auf und streckte mir die Hand entgegen. »Treten Sie bitte ein. Ich hole Ihnen einen Stuhl.«

»Wenn Sie einen finden«, bemerkte der Inspektor.

»Wir werden tun, was wir können«, sagte der Kommissar und ging hinaus in den Flur.

Nach ein paar Minuten kam er zurück, einen Metallstuhl mit grauem Kunststoffbezug unterm Arm.

»Bitte, setzen Sie sich doch. Inspektor González hat mir von Ihnen erzählt und von Ihrem Interesse an dem Mordfall im Golfclub Las Condes. Sagen Sie mir, wie ich Ihnen weiterhelfen kann.«

»Erkennen Sie mich nicht wieder? Samuel Cooper. Wissen Sie noch? Der Fall des Sohnes von Senator Balboa. In Rancagua.«

»Nein, wirklich? Was für eine schöne Überraschung! Ja, natürlich erinnere ich mich, es wird mir ein Vergnügen sein, wieder mit Ihnen zusammenzuarbeiten.«

»Hätten Sie jetzt ein bisschen Zeit für mich?«, fragte ich ihn.

»So viel Sie wollen. Ich tappe in dieser Sache noch völlig im Dunkeln. Üble Geschichte. Richtig üble Geschichte. Ich habe den Fall gerade erst übernommen. Deshalb ist mir jede Angabe, die Sie machen können, jede Information willkommen. Kannten Sie die Frau?«

»Nein. Ich kannte sie nicht.«

Der Inspektor, der die ganze Zeit über wortlos im Raum gestanden hatte, meinte, er habe zu tun.

»Ich lasse Sie beide in Ruhe reden«, sagte er und gab mir die Hand. Und bevor er den Raum verließ, deutete er eine leichte Verbeugung in Fuenzalidas Richtung an.

»Heute Morgen habe ich dem Ehemann der Ermordeten einen Besuch in seinem Haus abgestattet, er ist völlig fertig«, sagte Fuenzalida. »Ich musste ihm notgedrungen ein paar unangenehme Fragen stellen. Ob die Señora einen Liebhaber hatte, ob sie irgendwann einmal eine Affäre hatte, ob er jemanden kennt, der sich an ihr rächen wollte, der sie hasste, oder jemanden, der Probleme mit ihm selbst hat. Die obligatorischen Fragen eben.«

»Und wie hat er reagiert?«

»Das wollte ich Ihnen gerade erzählen. Übel. Sehr übel. Er ist richtig böse geworden. Er warf mir vor, ihr Andenken zu beschmutzen. Der arme Mann tat mir wirklich leid. Wussten Sie, dass er zwanzig Jahre älter ist als sie? Er hat mir versichert, sie hätten sich besser verstanden als viele Ehepaare, die er kenne, immer wieder hat er beteuert, sie hätten einander respektiert und in Freiheit und Vertrauen zusammengelebt. Meist habe er sie die Woche über gar nicht gesehen, da er häufig außerhalb von Santiago zu tun habe. Wenn sie also gewollt hätte, hätte sie einen Liebhaber haben können, sogar zwei oder drei, hat er wütend gesagt. Aber er habe sich darauf verlassen, dass sie stets nur das Beste für sie beide im Sinn gehabt habe, ja, sie hätte ihn niemals verletzt, so eine sei sie nicht gewesen. Er hat sie regelrecht in den Himmel gehoben. Man bekam wirklich den Eindruck, dass das Wort seiner Frau in seinem Hause heilig war. Hören Sie, das ist alles vertraulich, nicht für fremde Ohren bestimmt. Kann ich mich auf Sie verlassen?«

»Selbstverständlich.«

»Wegen seiner vielen Geschäftsreisen hat er sie offenbar

ziemlich oft allein gelassen. Und dass er das bedenkenlos getan hat, lag wohl daran, dass sie nicht zu den Frauen gehörte, die sich von ihrem Mann abhängig machen. Sie hatte ihre eigenen Interessen, führte ihr eigenes Leben, so sagte er mir. Sie war sehr freiheitsliebend. Er hat mir erzählt, sie hätten sogar die Sommerferien getrennt verbracht. Sie habe ihn davon überzeugt, dass Ehepaare Freiräume bräuchten, dass es Paaren sehr guttäte, sich für ein paar Monate im Jahr zu trennen, freier zu atmen. Anfangs sei ihm das aufgesetzt vorgekommen, aber schließlich habe er nachgegeben. Eigentlich habe er ihr in allem nachgegeben, sagte er mir. Vor ein paar Jahren hätten sie sich ein Sommerhaus am Lago Ranco gekauft, in der Nähe des gleichnamigen Dorfes. Im Februar sei sie immer allein mit einer Freundin hingefahren ... Sie sagen, Sie haben sie nicht gekannt, stimmt's?«

»Ja. Ich kannte sie nicht. Von ihrem Mann habe ich einiges gehört, wie die meisten Leute, aber sie kenne ich nicht mal vom Sehen. Sie soll sehr hübsch gewesen sein, jedenfalls sagte mir das der Verwalter des Golfclubs.«

»Kennen Sie vielleicht jemanden, der sie gut gekannt hat, außer dem Ehemann, meine ich?«

»Nein«, antwortete ich, ohne lange nachzudenken, aber ich kannte auch wirklich niemanden, der sie kannte. Ich stellte Fuenzalida eine Reihe von Fragen: ob er eine Ahnung habe, wer sie erschossen haben könnte, ob irgendwelche Spuren gefunden worden seien, ob sie vor ihrem Tod vergewaltigt worden sei ...

»Nein, vergewaltigt wurde sie nicht. Sie wurde nicht einmal angerührt. Der Mörder hat sie erschossen, sich umgedreht und sie auf dem Rasen liegen lassen. Man fand keinerlei Spuren von einer anderen Person an ihrem Körper oder ihrer Kleidung.«

»Wissen Sie, ob es ein Mann war?«

»Das nehmen wir an. Wegen der Fußspuren. Der Rasen war frisch gemäht, und man fand Abdrücke von großen Schuhen, Männerschuhen. Wahrscheinlich von einem gut gekleideten Mann.«

»In welche Richtung gedenken Sie zu ermitteln?«, fragte ich ihn, nur um noch irgendetwas zu sagen, da ich merkte, dass meine Zeit in diesem Büro zu Ende ging und dass ich hier nichts mehr verloren hatte, wenn ich nicht sagte, was ich wusste.

»Als Erstes werden wir mit sämtlichen Personen reden, die sie kannten. Natürlich mit ihren Verwandten. Mit Freunden, obwohl der Mann sagt, sie sei kein Mensch gewesen, der viele Freunde hatte. Aber es gibt da eine Frau, mit der sie seit vielen Jahren eng befreundet war, ich glaube, seit ihrer Kindheit. Und dann sind da noch ihre Kollegen aus der Bibliothek – sie hat in der Nationalbibliothek gearbeitet, ich weiß nicht, ob Sie das wussten. An diesen Punkten werden wir ansetzen. Das Ganze wird nicht einfach sein, da wir keine Tatwaffe haben und auch fast keine Spuren, keine Zeugen, weder Motive noch Verdächtige. Das einzig Handfeste ist die Kugel. Wir kennen das Kaliber der Waffe, neun Millimeter. Vielleicht war es eine Sigma. Aber solange wir sie nicht gefunden haben, nützt uns das herzlich wenig«, sagte er und schob dabei einige Papiere zurecht, die auf dem Tisch lagen. Dann stand er auf und gab mir zu verstehen, dass das Gespräch beendet war. Wir verabschiedeten uns und versprachen einander, uns zu kontaktieren, falls sich irgendetwas ergab, das die Ermittlungen voranbringen könnte. Ich verließ sein Büro und fühlte mich hundsmiserabel.

DER RICHTER

Er weilte in Gedanken bei einem Tag in der Vergangenheit. Der Raum war brechend voll. Sogar an den Türen lehnten Zuhörer. Ernesto hatte sie geschlossen, sodass viele Leute draußen bleiben mussten. So war es jedes Mal, wenn er einen seiner Vorträge hielt. Und er war eitel. Seine Eitelkeit war eine der wenigen weltlichen Sünden, die er sich in seinem Leben gestattet hatte. Es faszinierte ihn, all diese Gesichter zu sehen, die unverwandt auf seines gerichtet waren, in der Erwartung, ihn sprechen zu hören. Er liebte es, diese ersten Minuten unter dem Vorwand, das Gemurmel im Saal hindere ihn daran anzufangen, genüsslich in die Länge zu ziehen. Deswegen unternahm er nichts, um die Leute zum Schweigen zu bringen. Amalia saß in der ersten Reihe. Sie fiel ihm sofort auf, als er sich an den Tisch setzte, den Ernesto auf die Bühne gestellt hatte. Sie war unmöglich zu übersehen. Ihr Kopf überragte alle anderen um eine Handbreite. Sie lächelte ihm zu, als würde sie ihn kennen. Er hatte das Gefühl, ihre Augen sprächen zu ihm, eigenartig grüne, mandelförmige Augen, sehr dunkel und leuchtend, Augen, die sich während der gesamten Stunde, die der Vortrag dauerte, nicht von ihm abwandten. Nach dem Applaus und als die Unruhe des allgemeinen Aufbruchs abgeklungen war, kam sie auf ihn zu.

»Herzlichen Glückwunsch. Es war hochinteressant. Man merkt, dass Sie Proust mögen.«

»Danke, Señora. Woher wissen Sie, dass ich Proust mag?«

»Weil Sie ihn mindestens fünfmal zitiert haben«, sagte sie. »Und den Glockenturm auf dem Landgut Ihres Großvaters haben Sie verglichen mit dem in Combray und seinen Schindeln, die an einem Sommersonntag strahlten wie eine schwarze Sonne. Erinnern Sie sich? Dieser goldbraune Glockenturm, der mit seinem blättrigen Dach und den klebrigen Tropfen aussah wie eine geweihte Brioche und seine scharfe Spitze in den blauen Himmel streckte. Ein wunderschönes Bild. Ach, alles, was Proust geschrieben hat, ist wunderschön. Mir kommen dabei immer fast die Tränen. Und Ihnen?«

Verblüfft lauschte er ihr. Diese schöne, elegant und zugleich schlicht gekleidete Frau zitierte Proust auswendig, und sie hatte sich seinen Vortrag über Ethik an den Gerichten angehört.

»Wie ich sehe, mögen auch Sie ihn sehr«, sagte er, während er seine Papiere ordnete und sich erhob, um zu gehen.

»Sie gehen schon?«, sagte sie. »Hätten Sie Zeit für einen Kaffee?«

»Eine Stunde hätte ich. Hier in der Nähe gibt es ein Lokal, in dem man ausgezeichnete gegrillte Rinderlende bekommt. Aufregung macht Appetit, wissen Sie. Vor einem Vortrag bin ich immer aufgeregt.«

»Das hat man Ihnen aber gar nicht angemerkt. Im Gegenteil, ich habe selten einen so gelassenen Redner erlebt wie Sie. Darf ich Sie duzen?«

»Natürlich. Aber sagen Sie mir doch, wie Sie heißen.«

»Amalia Griffin«, antwortete sie.

Auf dem Weg von der Jurafakultät zur Kneipe lobte Amalia immer wieder seinen Vortrag. Sie interessiere sich sehr für das Problem der Ethik, sagte sie, nicht nur in der Justiz. Sie sei mit einem Unternehmer verheiratet. Eigentlich müssten Unternehmer sich viel öfter Vorträge dieser Art anhören, das Schlimme sei nur, dass sie sich für so etwas keine Zeit nähmen. Warum er eigentlich kein Buch schreibe, fragte sie. Sie habe seine Art, ein so heikles Thema anzupacken, sehr originell gefunden. Ihr hätten die Beispiele gefallen, die er angeführt habe, alles, was er im Zusammenhang mit den unsittlichen Methoden seines Großvaters geschildert habe, wenn dieser mit seinen Landarbeitern die Löhne ausgehandelt habe, und die brutale Art, wie er mit diesen Leuten umgegangen sei. Was für ein Großvater! Ob es ihm denn nichts ausmache, so persönliche Dinge zur Sprache zu bringen? Und was denn seine Familie dazu sage?

In der Kneipe setzten sie sich auf Amalias Wunsch an einen Tisch, den ein Wandschirm vom Rest des Raumes trennte.

»Hier können wir uns in Ruhe unterhalten, ohne dass jemand uns sieht«, sagte sie.

»Macht es Ihnen etwas aus, wenn man uns zusammen sieht?«, fragte er.

»Jetzt wäre es mir egal, aber stell dir vor, du und ich wären morgen ein Liebespaar.«

Er lachte laut auf, als ob nichts wäre, aber der Satz verblüffte ihn so sehr, dass ihm beinahe das Brot im Hals stecken blieb.

»Weißt du, mein Mann ist hier in diesem Nest sehr bekannt. Und du auch. Würdest du gern eines Morgens aufwachen und in der Zeitung einen hetzerischen Artikel lesen mit der Überschrift: ›Rementería turtelnd in Begleitung von Alberto Mancillas Ehefrau überrascht‹?«

Er lachte wieder.

»Turtelnd. Witzig. Glauben Sie, jemand könnte eine solche Schlagzeile aufsetzen? Und was würde in dem Artikel stehen?«

Sie war schön. Er konnte nicht aufhören, sie zu betrachten. Ihre Worte erreichten ihn aus einer Entfernung, die viel größer schien als die wenigen Zentimeter, die zwischen ihnen lagen. Er schaute zu, wie sie die Lippen bewegte, und hörte sie kaum, so als habe sich etwas Undefinierbares zwischen ihnen eingenistet. Vielleicht der Tod. Vielleicht erinnerte er sich jetzt auf diese Weise an sie, jetzt, wo sie tot war. Damals aber hatte diese Distanz nicht existiert.

Sie hatten bis elf Uhr abends in dem Lokal gesessen. Irgendwann war sie aufgestanden, um zu telefonieren, vermutlich um ihrem Mann Bescheid zu sagen, dass sie nicht zum Abendessen nach Hause kommen würde.

»Macht es Ihrem Mann nichts aus, wenn Sie nicht zum Abendessen kommen? Ist er nicht eifersüchtig?«, fragte er.

»Wer selten zum Abendessen erscheint, ist eher mein Mann, aber mir hat das nie etwas ausgemacht. Wir sind beide sehr unabhängig. Jeder macht, was er will. Wir versuchen, uns so wenig wie möglich gegenseitig zur Last zu fallen.«

Er konnte den Blick nicht von ihr wenden. Er war gefesselt von ihr. Er schwebte förmlich, wollte ihr nur weiter und immer weiter zuhören und hatte Angst, sie könne aufhören zu reden. Was sie wohl machte? Ob sie arbeitete? Wahrscheinlich nicht. Sie wirkte reich, fein, vornehm. Warum war sie mit einem Mann verheiratet, der nie zum Abendessen nach Hause kam? Er wusste genau, wer ihr Ehemann war, und er dachte bei sich, dieser Mensch musste verrückt sein, eine solche Frau alleine zu lassen.

»Versteh mich nicht falsch. Wir haben keine Kinder. Und Alberto arbeitet viel. Zu sagen, er sei in seine Arbeit verliebt, wäre Blödsinn, eine Floskel, die auf ihn nicht zutrifft. Es ist eher so, dass seine Geschäfte immer mehr gewachsen sind und er ein sehr verantwortungsbewusster Mensch ist.«

»Und Sie, was machen Sie, während er sich um seine Geschäfte kümmert?«

Sie erzählte ihm von ihrer Arbeit in der Nationalbibliothek. Dass sie gerne acht Stunden am Tag in dieser stillen Kammer sitze, in der sie Bücher und alte Dokumente prüfe. Die Bibliothek umhülle sie wie eine sichere, schützende Decke, sagte sie, und gebe ihr das Gefühl, ihrem Onkel Floro näher zu sein.

»Ich bin ein sehr widersprüchlicher Mensch, weißt du? Einerseits stecke ich voller Leben, andererseits brauche ich Stille und einen ruhigen Ort. Ich lese sehr gern.«

»Was lesen Sie denn gern?«

»Proust. Aus dem Grund, den ich dir schon genannt habe. Prousts Erinnerungen haben eine ungeheuer besänftigende Wirkung auf mich. Sie helfen mir, zu begreifen, dass letzten Endes die verlorene Zeit das Einzige ist, was zählt. Vielleicht weil sie irgendwann das Einzige ist, an das wir uns lebhaft erinnern. Mich führt er immer zurück zu meiner eigenen verlorenen Zeit, zu meiner Kindheit in unserem Haus in Ñuñoa, in dem ich mit Onkel Floro, meiner Mutter und meiner Tante Herminia gelebt habe. Mein Vater ist wenige Wochen nach meiner Geburt gestorben. Deshalb war im Grunde Onkel Floro mein Vater. Er war ziemlich verrückt, aber einfühlsam und großherzig, und nicht nur das, glaub mir, es gab auf der ganzen Welt keinen lustigeren Menschen als ihn. Man konnte sich halbtot lachen mit ihm. Ich habe ihn unheimlich gemocht. Er war wundervoll. Weißt du, was er tat, wenn ich nachts zitternd vor Angst in sein Zimmer kam und zu ihm ins Bett kroch?

»Nein.«

»Er setzte sich vor mich hin, kreuzte die dünnen, haarlosen Beine und erzählte mir, wie heilsam panische Angst sein könne. ›Sie sollte sich im Gemüt festsetzen und dort Wache halten … Denn welche Stadt und welcher Sterbliche würde der Gerechtigkeit huldigen, wenn er aufwüchse ohne Angst im Herzen‹, rezitierte er mit lauter Stimme und ausgebreiteten Armen, so als lauschten ihm die Götter auf dem Olymp. Ich verstand nicht, was das alles mit meiner nächtlichen Angst zu tun hatte, und er erklärte mir, diese Verse seien von Aischylos, über dessen eigene nächtliche Ängste. Ich habe sie auswendig gelernt und nie wieder vergessen. Er hat mich dazu angeregt, Gedichte auswendig zu lernen, er glaubte, das sei die beste Übung, um seinen Geist lebendig zu halten. Ich muss so oft an ihn denken! Als er starb, ist in meinem Leben eine große Leere entstanden, eine Leere, die ich nie wieder mit irgendetwas füllen konnte.«

Aufgewachsen sei sie in einem ruhigen Viertel mit alten Bäumen, sagte sie, in der Calle Valencia. Im vorderen Patio habe eine Palme gestanden, außerdem ein ganzes Meer von roten Lobelien, die Onkel Floro gleich nach ihrem Einzug gepflanzt hatte. Diese Blumen habe er besonders geliebt, weil sie ihn an seine Jugend in Sevilla erinnert hätten.

»Beschreiben Sie mir Ihr Haus«, bat er sie. Und sie tat es in allen Einzelheiten, so als stünde es ihr lebhaft vor Augen. Im Erdgeschoss sei die Küche gewesen, mit dem Marmortisch, unter dem Batuque gewohnt habe. »Der Hund?« »Ja«, sagte sie, »ein wuscheliger, dreckiger Hund, denn es war unmöglich, ihn zu baden. Auf der gleichen Etage lag das Esszimmer, in dem über dem Kamin ein großes Bild von Urgroßmutter Macario hing, außerdem Onkel Floros Bibliothek mit lauter alten, von Zeit und Gebrauch verschlissenen Büchern. Ein schwerer Mahagonitisch stand dort, übersät mit seinen Arbeitsutensilien, mit Fotografien, Zirkeln, alten Federhaltern, farbigen Tinten, Lupen, aufgerollten Landkarten und Löschpapier, und unter dem Tisch eine Schiffstruhe, in der er Hüte, Fächer, alte Handschuhe, Kämme und Mantillen verwahrte. Er brauchte das alles, um sich und uns zu verkleiden. Die Bibliothek war mein Zufluchtsort«, sagte Amalia und fuhr fort, das Haus zu beschreiben. Im zweiten Stockwerk hatten die drei Schlafzimmer gelegen, eines, in dem sie mit ihrer Mutter schlief, das von Tante Herminia und Floros Zimmer, das vollgestopft war mit Trockenblumen, peruanischen Spiegelchen und anderem Krimskrams aus den Ramschläden im Stadtzentrum. Im dritten Stock habe es nur ein einziges Zimmer gegeben, das sie nie betreten habe, weil die Tür immer abgeschlossen gewesen sei.

»Teresa und ich gingen heimlich hoch, legten uns auf den Boden und versuchten, durch den Türspalt etwas zu erkennen. Mein Onkel hatte uns gesagt, wenn die Dinge sich mit Staub überzögen, würden sie heilig, dann dürfe man sie nicht stören, deshalb ließen sie uns nie dort hinein.«

»Wer ist denn Teresa?«

»Teresa Lagos. Wir sind seit der Kindheit miteinander befreundet. Und sind das ganze Leben Freundinnen geblieben. Sie ist Geschichtslehrerin … Ach, du meine Güte! Ich habe die ganze Zeit geredet, und du hast stumm dagesessen, ohne mir irgendetwas zu erzählen. Bist du in Santiago geboren? Wo bist du aufgewachsen?«

Auf dem Land, wollte er sagen, aber sie erzählte schon wieder weiter, ohne seine Antwort abzuwarten, etwas, was sie immer tat.

»Unser Haus roch nach trockenen Blumen und frisch gebügelter Weißwäsche. Dieser Duft hat mich immer begleitet, wohin ich auch ging, mein Leben lang. Meine Mutter und Tante Herminia kümmerten sich gemeinsam um den Haushalt. Außer donnerstags, wenn Elvira zum Bügeln und Fensterputzen kam, waren sie die ganze Woche über mit Waschen, Kochen, Teppichklopfen, Bettenbeziehen und so weiter beschäftigt. Es war ein ziemlich großes Haus.«

»Hat Ihr Onkel Floro denn nicht mitgeholfen?«

»Nicht die Spur! Er hat sich immer um die Hausarbeit gedrückt. Er hasste sie. Tausendmal lieber verbrachte er seine Zeit damit, Bücher über die griechische Götterwelt zu lesen oder zu zeichnen.«

Es wurde elf Uhr abends.

»Die Stunden sind nur so verflogen«, stellte Amalia fest.

»Mehr als das«, erwiderte er, »ich werde sie nie vergessen. Es war wunderschön mit Ihnen, Amalia. Ich danke Ihnen, dass Sie mich auf einen Kaffee eingeladen haben. Es ist mir ein wenig unangenehm, aber dürfte ein andermal ich Sie einladen?«

Sie lächelte.

»Habe ich dir nicht gesagt, dass es eine gute Idee war, einen etwas versteckten Tisch zu wählen?«

»Warum sagen Sie das?«, fragte er.

»Weil wir beide ein Verhältnis haben werden, ich weiß es«, sagte sie, und bei ihren Worten stockte sein Denken.

Was antwortete man einer solchen Frau? Sie wusste ja nicht einmal, ob er verheiratet war. Und war selbst verheiratet.

»Sollen wir uns morgen wieder hier in diesem Lokal treffen?«

Es war das Einzige, was er in diesem Augenblick herausbrachte.

»Wir können uns im Zoo treffen«, antwortete sie. »Unter der Woche geht niemand in den Zoo. Ich kann für ein paar Stunden aus der Bibliothek verschwinden. Um zwölf unten, am Fuß des Hügels? Anschließend könnten wir in einem spanischen Restaurant in der Nähe zu Mittag essen. Magst du gegrilltes Ziegenfleisch?«

Am nächsten Tag sagte er eine unwichtige Sitzung ab – er hätte sie abgesagt, selbst wenn sie wichtig gewesen wäre – und erklärte Ernesto, er sei außerhalb von Santiago zum Essen verabredet.

»Lass mich dich fotografieren«, bat Amalia ihn, als sie sich am Hügel trafen. Über ihrer Schulter hing ein Fotoapparat.

»Hier?«

»Ja, hier. Der Ort ist ganz egal. Von *dir* möchte ich ein Foto haben«, sagte sie und begann, ihn mit dem Geschick eines Profis zu fotografieren.

Etwa zehn Minuten später bat sie den Mann, der Zuckerwatte verkaufte, sie zusammen aufzunehmen. Sie standen neben dem Affenkäfig. Er legte seinen Arm um sie, und Amalia legte ihren Kopf an seine Schulter.

Ein paar Tage später verabredeten sie sich vormittags in der Astor-Passage, im Fotostudio Nanette. Amalia hatte den Film aus dem Zoo zum Entwickeln gebracht, und er hatte vorgeschlagen, die Fotos gemeinsam abzuholen und anschließend irgendwo im Zentrum essen zu gehen. Er war gerade auf dem Weg zur Passage, als er kurz davor auf dem Bürgersteig mit ihr zusammenstieß. Sie war von oben bis unten durchnässt, denn sie war mit dem Absatz in einem Rost hängen geblieben und der Länge nach in eine riesige Pfütze gestürzt. Er nahm sie mit hinauf in sein Büro, damit sie ihre Sachen ein wenig trocknen lassen konnte. Ernesto machte ihr eine Tasse Tee.

»Ich bin patschnass, ich glaube, du musst mir ein neues Kleid kaufen, damit ich überhaupt nach Hause fahren kann«, sagte sie lachend.

»Sie könnten sich eine Weile hier neben den Heizkörper setzen«, schlug er ihr vor und drehte den Ledersessel ein wenig der Wärme entgegen.

»Vielleicht sollte ich mir lieber die Sachen ausziehen, wenn es dich nicht stört«, sagte sie. »Sieh mal, wie ich aussehe.«

»Mir macht es überhaupt nichts aus. Nebenan ist ein Bad. Wickeln Sie sich in ein Handtuch und reichen Sie mir Ihre nassen Sachen durch die Tür. An der Heizung sind sie bestimmt im Nu trocken.«

Ein paar Minuten später kam sie in ein Frotteetuch gehüllt aus dem Bad, die Kleidungsstücke in der Hand, setzte sich in den Ledersessel und begann eine völlig zwanglose Unterhaltung. Er war entsetzlich nervös. Wenn bloß Ernesto nicht ausgerechnet jetzt ins Büro kam! Obwohl er das nur selten tat, ohne anzuklopfen. Für alle Fälle bat er den Sekretär durch die Gegensprechanlage, keine Anrufe durchzustellen und ihn nicht zu unterbrechen, bis er sich wieder meldete.

»Dein Büro ist sehr schön. Ein bisschen düster. Wahrscheinlich verkriechst du dich schon seit Ewigkeiten hier drinnen«, sagte Amalia und ließ ihren Blick über Decke und Wände wandern.

»Seit Ewigkeiten nicht gerade. Und verkriechen tue ich mich auch nicht unbedingt. Eigentlich liebe ich das Licht. Wenn Sie mal zu mir nach Hause kommen, zeige ich Ihnen die freitragende Terrasse, die ich auf meinem Dach konstruiert habe, um mich dort sonnen zu können.«

»Jetzt verstehe ich, warum du so braungebrannt bist. Ich dachte, du läufst Ski.«

»Haben Sie schon mal einen Richter vom Obersten Gerichtshof Ski laufen sehen?«

»Ehrlich gesagt, nein. Aber warum eigentlich nicht?«

»Weil wir Schreibtischkreaturen sind. Finstere Schreibtischkreaturen, die in halbdunklen Räumen hocken. Unser Leben lang verschlingen wir unverdauliche Dokumente. Mich hindert das allerdings nicht daran, in der Sonne zu sitzen und andere, interessantere Dinge zu lesen als Gerichtsakten. Eigentlich lese ich fast nie Gerichtsakten. Die liest Ernesto für mich. Aber das dürfen Sie niemand weitersagen.«

Unvermittelt erhob sie sich, ging zu ihm und küsste ihn auf den Mund. Es war ein sanfter, kurzer, feuchter Kuss. Er stand auf und umarmte sie und spürte die Wärme ihres Körpers durch das Handtuch und seine eigene Nervosität. Eine Weile standen sie eng umschlungen da. War es nur eine Weile? War es ein Jahrhundert? Er ertrug die Erinnerung nicht länger.

Seine Gedanken wanderten zu einem anderen Tag, einem Montagmorgen. Er war früh aufgewacht. Er war unruhig. Seitdem er sie kannte, wachte er jeden Montag so auf. Voll Eifersucht. Was glauben Sie, was ich samstags und sonntags mache, wenn Sie in Ihre eigene Welt eingetaucht und aus meiner verschwunden sind, als gäbe es Sie überhaupt nicht? Tausendmal hatte er sie das fragen wollen. Er hasste die Freitage. Vor lauter Eifersucht konnte er die Wochenenden nicht genießen. Ziellos lief er durch den Innenhof, verließ das Haus, ging ins Kino, machte Spaziergänge in den Stadtteil, in dem sie wohnte, in der heimlichen Hoffnung, ihr zu begegnen. Aber er sah sie nie.

Der Freitag kam, und Amalia verschwand, als verließe sie das Land. Mit dem Montag kehrte die Erleichterung zurück. Dann versuchte er sie mit Blicken zu durchdringen, um an ihr Spuren ihres Mannes, ihrer Freunde, der anderen Gespräche zu entdecken, der beiden Tage und der drei Nächte, die sie in einer anderen Welt gelebt hatte, so weit von ihm entfernt wie zu der Zeit, bevor sie sich kannten. Montags aßen sie fast immer in dem Restaurant zu Mittag, in dem sie sich auch beim allerletzten Mal getroffen hatten. Sobald er ein wenig Zeit mit ihr verbracht und ihr zugehört hatte, wie sie von ihren Angelegenheiten erzählte, von ihren Plänen und Erinnerungen, wurde der Tag fröhlich und hell, und alles war wieder wie zuvor. Die ganze Woche lag vor ihnen. Er war der Gewinner. Die anderen waren nur zwei Tage in ihrer Nähe, er die übrigen fünf. Damals hatte sie ihm gehört, jetzt nicht mehr. Als Amalia ihn verlassen hatte, waren zu den Samstagen und Sonntagen auch noch die Montage, Dienstage, Mittwoche, Donnerstage und Freitage hinzugekommen. Lange, fade, verzweifelte Tage. Er begann, sich ihren Tagesablauf auszumalen, Minute für Minute. Er sah sie den unbefestigten Uferweg am Lago Ranco entlanglaufen, Hand in Hand mit dem gesichtslosen Maler, sah, wie er in einer Geste vorweggenommener Lust und heißen Begehrens ihre Hand drückte, wie sie stehen blieb und ihn umarmte, mit dem gleichen heißen Verlangen, und wie ihre hohen Gestalten sich in der bleiernen Oberfläche des Sees spiegelten. Er hörte sie zusammen lachen, in dem Zimmer, das auf den Balkon hinausging. Der gesichtslose Maler redete und redete und redete, sicher hatten sie gerade miteinander geschlafen, und Amalia ließ ihn reden, während sie seine Beine streichelte und ihre Gedanken abschweifen ließ, zerstreut und glücklich. »Hast du gehört, was ich gesagt habe?«, fragte der Gesichtslose, und Amalia küsste seinen Hals, und dann fanden sie wieder zueinander in einem sinnlichen Spiel, das den restlichen Nachmittag ausfüllte, und bis sie schließlich erschöpft und benommen auf dem Bett lagen und es dämmerte.

Er hätte es kaum verkraftet, zu erfahren, was sie an den Sonntagabenden oder den Samstagabenden oder kurz nach dem Mittagessen mit ihrem Ehemann machte, im Bett oder im Garten oder unter der Dusche, es war ihm schlicht verhasst, dass dieser Ehemann existierte, sie berühren und penetrieren durfte und mit ihr reden und lauter Spuren auf ihr hinterlassen durfte, die nicht die seinen waren. Der gesichtslose Maler aber hatte sie ihm für immer entrissen, und sie hatte es zugelassen. Vermutlich umarmte er sie genau in diesem Moment, schob genau in diesem Moment seine Zunge in ihren Mund, streichelte ihren Körper mit seinen rauen, vom Terpentin ausgetrockneten Händen und beschmutzte sie mit seinen Farbgerüchen. Und Amalia genoss es. Er sah sie in ihrer ganzen Länge auf den Terrassendielen liegen wie eine Göttin, vollkommen nackt, und er sah ihn, gesichtslos, auf Knien, wie er ihren Körper mit Blicken verschlang, bevor er in sie eindrang. Und sie stöhnte voller Erwartung und Verlangen. Hinterher gingen sie zur Mole hinunter, und er hörte, wie sie nach ihm rief, damit er sich den Pejerrey ansah, den sie am Haken hatte. Dann schlug sie vor, ins Haus hinaufzugehen. »Möchtest du duschen?« Und er hörte ihre Stimmen durchs Zimmer wirbeln, und das Bild des gesichtslosen Mannes drehte sich vor seinen Augen wie ein Strudel.

Er brach in Tränen aus. Seine Mutter schien ihm von der Kommode her etwas zu sagen. Immer hatte er ihre Gedanken erraten. Doch jetzt schaute er sie mit verschwommenem Blick an, als würde er sie nicht kennen.

TERESA

Eines Sonntagsmorgens lagen Rafa und ich im Bett und lasen Zeitung. Als ich den Reportageteil aufschlug, erregte eine Schlagzeile meine Aufmerksamkeit, die über die ganze Seite ging. »Notfalls würde sogar der Präsident der Republik verhaftet werden«. Dies waren die Worte des Richters, der sich mit dem berühmten Betrugsskandal befasste, in den der Bauminister verwickelt war, ein Skandal, den alle Welt aufmerksam verfolgte. Ich begann zu lesen.

Man könnte ihn den Richter der ausgefallenen Angewohnheiten nennen. Und, warum es verhehlen, einige dieser Angewohnheiten sind, gelinde gesagt, originell. In einem kleinen Zimmer, in das man nur durch eine in der Mahagonivertäfelung seines Büros verborgene Tür gelangt, praktiziert er Yoga. Sein Haus in Ñuñoa bewohnen er selbst, eine alte Haushaltshilfe (Rosa), die nur tagsüber kommt, die hartnäckige Erinnerung an seine zimtfarbene Katze und mehrere Kanarienvögel, die im Hinterhof unter einem Feigenbaum leben. Er spricht mit ihnen und singt ihnen Lieder vor. Wenn er nachts nicht schlafen kann, geht er hinaus in den Feigenbaumhof und liest ihnen ganze Absätze aus Die Flüchtige *vor, einem von Marcel Prousts posthumen Werken, die er besonders schätzt. Auf der freitragenden Terrasse seines stattlichen Hauses, die er selbst angelegt hat, kann man auch im Winter in der Sonne baden. Sein Büro im sechsten Stock eines Gebäudes unmittelbar neben dem Obersten Gericht hingegen erinnert ein wenig an eine finstere Höhle, bewacht von Ernesto, einem dienstbeflissenen alten Sekretär mit knochigen Händen und einem dünnen, grauen Schnurrbart, der ohne Unterlass Tee trinkt. Im Fahrstuhl, den ein uraltes Fensterchen mit blauen und violetten Scheiben ziert, habe ich Todesängste ausgestanden, und noch immer ist mir schleierhaft, wie ich heil oben angekommen bin. Der Sekretär empfing mich mit den Worten »Don Juan Manuel erwartet Sie«. Als ich das Büro des Richters betrat, änderte sich die Atmosphäre zu meiner Überraschung schlagartig. Der Raum war mit erlesenen Möbeln ausgestattet, mit grünen Samtvorhängen und einer Wandvertäfelung aus Mahagoni, einem edlen Bücherregal mit Gittertüren, einem mit feinstem Leder bezogenen Sessel und einem schlanken englischen Stuhl vor einem uralten, vermutlich ebenfalls englischen Schreibtisch. »Von Ihrem Großvater geerbt?«, fragte ich ihn. »Ja, in der Tat, er stammt von meinem Großvater, von seinem Landgut.« Auf dem Schreibtisch stand ein exotisches weißes Porzellangefäß, verziert mit Blumen und grünen Vögeln. »So etwas habe ich noch nie gesehen«, sagte ich fasziniert. »Ein Prachtstück, nicht wahr? Es ist eine chinesische Bonbonniere aus dem 19. Jahrhundert.« An einer der Wände hingen zwei Gemälde, ein sehr hübsches mit einer ländlichen Szene, zwei weidenden Kühen und einem zwischen Rebstöcken umherlaufenden Kind, und ein Ölporträt des Präsidenten. »Man sagt, Sie kennen den Präsidenten seit Ihrer Schulzeit.« »Die Leute reden viel«, antwortete er ohne Widerwillen, »aber in diesem Fall stimmt es. Wir sind seit Kindertagen befreundet.«*

Die Raumausstattung ließ auf einen erlesenen Geschmack schließen. Eine ledergebundene Erstausgabe von Marcel Proust zeugte von der Vorliebe des Richters für gute Literatur.

»Sie mögen Proust?«

»Er ist mein Lieblingsschriftsteller.«

Ich legte die Zeitung beiseite. Ich konnte nicht weiterlesen. Dieses Büro war dasselbe wie in Amalias Brief. Es war das Büro des Mannes, der erst sie und dann sich selbst ausgezogen hatte. Ein sonderbares Gefühl überkam mich, eine Art Leere im Kopf. Mir war plötzlich, als sei ich in einen Nebel gehüllt, in dem ich kaum noch wahrnahm, was um mich herum geschah. Ich muss totenblass geworden sein, denn Rafa fragte besorgt, ob etwas mit mir nicht stimme. Nach einer Weile nahm ich die Zeitung wieder auf und las alles noch einmal, diesmal jedoch mit einem Bleistift in der Hand, um hier und da etwas zu unterstreichen. Ein kleines Zimmerchen, in dem er Yoga machte, neben seinem Büro – der kleine Raum, den man durch eine in der Wand verborgene Tür betrat, »meinen Privatraum«, hatte Amalias Liebhaber ihn genannt. Dann das Bild, das Amalia an die Sage von den glücklichen Tagen des Dionysos erinnerte. Und eine Bonbonniere aus weißem Porzellan mit Blumen und grünen Vögeln darauf. Gütiger Himmel! Das war genau die, die wir gemeinsam in dem Antiquitätengeschäft in der Avenida Bilbao gekauft hatten. Und dann noch die bunten Fensterscheiben im Fahrstuhl, der Sekretär mit den knochigen Händen, die grünen Samtvorhänge.

»Rafa! Ich habe etwas Furchtbares entdeckt. Unglaublich. Sieh dir das bitte mal an.«

»Was?«

»Dieses Interview!«

»Das habe ich schon gelesen. Ist sehr gut. Es geht um den Richter, der sich mit der Bauminister-Affäre befasst. Aber was ist denn los, Teresa, du fängst ja gleich an zu weinen!«

»Rafa. Dieser Mann ist Amalias geheimer Liebhaber.«

»Was redest du da?«, fragte Rafa mit besorgter Miene.

Er wusste nicht, wie er sich mir gegenüber verhalten sollte. Seit Amalias Tod steckte ich in einem Strudel, der mich in den Wahnsinn zu treiben drohte, falls er nicht bald aufhörte sich zu drehen. In der Schule hatte ich mich krankgemeldet, da ich mich in meiner momentanen Verfassung außerstande fühlte, zu unterrichten. Den ganzen Tag geisterte ich wie ein verirrtes Geschöpf durchs Haus, las alte Briefe von Amalia, sah mir Fotos an, vertiefte mich in ihren Brief. Und weinte.

»Dieser Mann war Amalias geheimer Liebhaber«, wiederholte ich und rang nach Luft. Und da überfiel mich der Gedanke, den Rafa wenig später als »ungeheuerlich« bezeichnen würde.

»Weißt du noch, wie ich dir mal erzählt habe, Amalia hätte nach sechs Jahren mit ihrem geheimen Liebhaber Schluss gemacht, weil sie sich in einen viel jüngeren Maler verliebt hätte? Erinnerst du dich daran?«

»Ja, ich erinnere mich. Aber ich verstehe nicht, was dieser Rementería damit zu tun hat.«

»Das verstehst du nicht?«

Wie sollte er es auch verstehen, ich hatte ihm ja noch nicht einmal Amalias Brief gezeigt. Ich sprang aus dem Bett, holte den Brief aus der Schublade, in der ich ihn aufbewahrte, und reichte ihn ihm.

»Bitte sieh dir das an. Danach reden wir weiter.«

Während Rafa den Brief las, las ich das Interview mit dem Richter zu Ende. Weitere Hinweise auf sein Büro tauchten nicht auf. Es folgte eine lange Passage über seine Kindheit auf dem Land, die Jahre an der Jurafakultät und sein einsames Leben im Elternhaus in Ñuñoa, umgeben von Büchern und Kanarienvögeln und der Erinnerung an eine zimtfarbene Katze, die von klein auf bei ihm gelebt hatte. Der Hauptteil des Interviews drehte sich gänzlich um die Unterschlagungen des Bauministers.

»Bist du durch?«, fragte ich Rafa, unfähig, meine Unruhe abzuschütteln.

Rafa legte Amalias Brief aufs Bett. Er schien fassungslos.

»Und warum glaubst du, dass die Geschichte stimmt?«

»Weil sie mir sechs Jahre lang andauernd von ihrem geheimen Liebhaber erzählt hat. Nur seinen Namen wollte sie mir nie verraten. Ich hatte nicht die geringste Ahnung, wer er war. Und eines Tages hat sie mir dann diesen Brief über die erste Begegnung mit ihm geschrieben.«

»Das verstehe ich nicht«, sagte Rafa mit sonderbarem Gesicht. Seine Miene hatte sich vollkommen verändert, so dass ich einen Moment lang fürchtete, er bekäme gleich einen Herzinfarkt.

»Nein, das verstehe ich nicht«, wiederholte er wie zu sich selbst.

»Was verstehst du nicht?«

»Was dieser Brief zu bedeuten hat, Teresa.«

»Der Brief ist einfach nur das, was da steht, das, was du gelesen hast, die Beschreibung ihrer ersten Begegnung mit diesem Mann, der für mich jetzt zweifelsfrei der Richter ist. Er ist es! Lies ihn noch mal, Rafa, bitte.«

Da ergriff Rafa meine Hände und schaute mir einige Sekunden lang einfach nur in die Augen, so als suchte er dort nach einer Antwort auf etwas, was ihn quälte. Mir kam es vor wie eine Ewigkeit. Schließlich sagte er:

»Teresa, sag mir die Wahrheit. Hast du was mit einem anderen Mann? Betrügst du mich?«

Ich konnte einfach nicht fassen, dass er mir unter den gegebenen Umständen diese Frage stellte. Es lief mir kalt den Rücken hinunter, am liebsten hätte ich ihn meinerseits gefragt, was zum Teufel das mit Amalias Brief und dem Richter zu tun hatte, aber er ließ mich nicht zu Wort kommen.

»Ich frage dich das, weil mich der Ton des Briefes stutzig macht, wie soll ich sagen, zwischen den Zeilen lese ich so etwas wie ein geheimes Einverständnis zwischen Amalia und dir. Ich habe das Gefühl, eine Frau würde einer anderen Frau eine so ungewöhnliche Begegnung nur dann mit diesen Worten schildern, wenn sie keine Zweifel daran hätte, dass die andere Frau sie genau versteht. Wenn sie sicher wäre, dass die andere so etwas oder zumindest etwas Ähnliches auch schon erlebt hat. Vielleicht spinne ich mir ja bloß was zusammen, aber warum hat sie dir den Brief in diesem Ton geschrieben? Ich weiß, in dieser Geschichte wimmelt es von merkwürdigen Zufällen, aber das meine ich jetzt nicht.«

Als ich begriff, was sich hinter Rafas Beklemmung und seiner Angst verbarg, war ich irgendwie gerührt.

»Nein, Rafa, ich habe keine Affäre und plane auch nicht, mir einen Liebhaber zuzulegen.«

»Würdest du das denn gerne tun? Hast du schon mal Lust dazu gehabt? Hättest du gern auch mal so eine Geschichte erlebt?«

»Glaub mir, diese Frage beantworte ich dir gern eines Tages in aller Ruhe, aber nicht jetzt, das ist jetzt nicht der richtige Moment.«

»Es ist immer der richtige Moment, über etwas zu reden, was uns beide angeht«, antwortete Rafa. Ich war verblüfft, wie er Amalias Brief aufgenommen hatte, besser gesagt, ich wunderte mich, dass er sie gar nicht kritisierte, sie nicht als Flittchen beschimpfte. Vielleicht gab es ja einen Rafa, den ich bisher noch gar nicht kennengelernt hatte. Doch in diesem Augenblick wollte ich mich auf keinen Fall von Samuel Coopers Interview und der Entdeckung ablenken lassen, dass Amalias geheimer Liebhaber und dieser Richter ein und dieselbe Person waren.

»Bitte, Rafa, versteh doch, was dieses Interview vor dem Hintergrund von Amalias Brief bedeutet. Denk mal drüber nach. Weißt du, was das heißt, Rafa? Gleich morgen früh werde ich den Kommissar anrufen, der die Ermittlungen leitet, Rogelio Fuenzalida. Ich wollte es dir eigentlich nicht sagen, aber vor ein paar Tagen habe ich ihm Amalias Brief gezeigt, und er hat ihn nicht weiter ernst genommen, er dachte, es handele sich um eine erfundene Geschichte, aber jetzt, vor dem Hintergrund dieses Interviews, kannst du sicher sein, dass er die Sache nicht mehr auf die leichte Schulter nehmen wird, denn das ist eine Spur.«

»Das Erste, was sie tun werden, ist, Alberto erneut zu verhören.«

»Ich weiß. Aber ich werde dem Kommissar sagen, dass

Alberto nie etwas von dieser Beziehung gewusst hat und dass es grausam wäre, ihm jetzt, wo Amalia tot ist, davon zu erzählen. Das habe ich ihm auch schon gesagt, aber ich werde es noch einmal wiederholen.«

»Und warum sollte dir jemand glauben, dass er nie etwas gemerkt hat?«

»Weil es stimmt!«, rief ich außer mir.

»Du wirst schon wissen, was du tust, aber wenn du damit sagen willst, dass dieser Richter Amalia ermordet hat, ist das ungeheuerlich, Teresa, einfach ungeheuerlich. Weißt du eigentlich, von wem wir hier reden? Von Rementería, einer der integersten Persönlichkeiten in unserem gesamten Rechtssystem. Und noch etwas. Falls der Richter wirklich dieser geheime Liebhaber ist, von dem Amalia dir so viel erzählt hat, warum hat sie es dir dann nie gesagt? Du bist doch nicht jemand, der so etwas Vertrauliches an die große Glocke hängt. Amalia hätte dir den Namen ihres Liebhabers ruhig anvertrauen können, ihr wart doch enge Freundinnen. Also ehrlich, Teresa, für mich macht das Ganze einfach keinen Sinn. Amalia kann die ganze Geschichte sehr gut erfunden haben. Frag mich nicht, warum, vielleicht um vor dir damit anzugeben, aber woher willst du wissen, dass die Geschichte in diesem Brief nicht frei erfunden ist? Glaubst du nicht, dass sie dir damit eher etwas Bestimmtes sagen, als dir von einem wahren Erlebnis berichten wollte?«

»Warum sollte sie sich so etwas ausdenken? Und ehrlich gesagt, weiß ich gar nicht, ob ich diese Geschichte so aufschlussreich fand, sie hat mich eher verwirrt. Auf jeden Fall bleibt die Frage, was sie in diesem Büro gemacht hat. Sie hat mir nie von einem Freund oder von einem Freund von Alberto erzählt, der Richter wäre. Nein, Rafa, dass du es nicht sehen willst, ist etwas anderes. Ich jedenfalls wette mit dir, dass dieser Mann ihr Liebhaber war. Das ist kein Zufall. Und schon gar keine Erfindung von Amalia.«

Und dann äußerte ich etwas, was mir in diesem Augenblick zum ersten Mal in den Sinn kam:

»Ich werde ins Büro des Richters gehen und mit ihm reden. Und auch bei *El Tiempo* werde ich vorbeigehen und sehen, ob ich mit Samuel Cooper sprechen kann.«

Rafa sah mich entgeistert an.

Am nächsten Tag fuhr ich frühmorgens zu *El Tiempo* und hatte das Glück, gleich am Eingang des Zeitungsgebäudes auf Samuel Cooper zu treffen. Er sah mich überrascht an, und als ich ihn fragte, ob er ein paar Minuten Zeit hätte, um mit mir über den Tod von Amalia Griffin und über Señor Rementería, den Richter, zu sprechen, erschrak er. Ich erklärte ihm, ich sei eine enge Freundin von Amalia und hätte da etwas, was ihn als Journalisten interessieren könnte, vor allem, da er selbst den Richter interviewt hätte. Nebenbei beglückwünschte ich ihn zu dem Interview. Er nahm mich sanft beim Ellbogen, und wir gingen gemeinsam einen Flur entlang zu seinem Büro.

Als Erstes erzählte ich ihm ausführlich, was ich über Amalias Beziehung zu ihrem geheimen Liebhaber wusste. Dann reichte ich ihm den Brief mit der Bitte, ihn zu lesen.

»Diesen Brief hat mir Amalia Griffin einen Monat vor ihrem Tod geschrieben.«

Während er las, konnte ich die Veränderungen in seinem Gesichtsausdruck beobachten. Die Ähnlichkeit zwischen dem Büro, in dem er den Richter interviewt hatte, und dem im Brief geschilderten musste ihm einfach auffallen, aber er äußerte sich nicht dazu.

»Haben Sie bemerkt, dass es sich bei dem Büro, das Amalia in ihrem Brief beschreibt, um das Büro von Rementería handelt?«, fragte ich ihn, als er zu Ende gelesen hatte.

»Das ist unglaublich. Und hochinteressant. Natürlich, Sie haben recht, es ist dasselbe Büro, ganz ohne Zweifel, ich war ja erst vor ein paar Tagen dort. Was haben Sie denn nun mit diesem Brief vor?«

»Sagen Sie es mir. Sie sind der Journalist.«

»Also, meiner Meinung nach sollte man die Sache auf keinen Fall übergehen, aber beim gegenwärtigen Stand der Ermittlungen würde ich mich lieber nicht in den Fall einmischen. Das hier ist etwas äußerst Heikles. Damit sollte sich in jedem Fall die Polizei befassen. Denn glaubt man diesem Brief, so kannten der Richter und Amalia Griffin sich zumindest, nicht wahr?«

»Ich weiß nicht, ob Sie verstehen, warum ich hier bin, Señor Cooper. Sie kannten sich nicht nur, sondern ich bin fast sicher, dass der Richter der Liebhaber war, von dem ich Ihnen eben erzählt habe, der Mann, mit dem Amalia Griffin sechs Jahre lang ein Verhältnis hatte.«

»Selbst wenn das stimmen würde, was weder Sie noch ich wissen, heißt das nicht unbedingt, dass der Richter auch etwas mit ihrem Tod zu tun hat. Glauben Sie, er hat sie erschossen?«, fragte er fast flüsternd, so als fürchte er, dass die Wände mithören könnten. »Haben Sie irgendeinen Beweis dafür?«

»Ich würde es nicht wagen, so etwas zu behaupten, da ich keinerlei Beweis habe. Aber wenn die Polizei erfährt, dass die beiden ein Verhältnis hatten, wird der Richter damit automatisch zum Verdächtigen, meinen Sie nicht auch?«

»Dann überlassen Sie die Arbeit der Polizei. Was können wir schon ausrichten? Sie verlangen doch sicher nicht von unserer Zeitung, zu veröffentlichen, dass der Richter und Ihre Freundin ein Liebespaar waren. Das gehört zur Privatsphäre der Betreffenden, wie bei jedem anderen Menschen auch. Wir betreiben hier nicht diese Art von Journalismus.«

»Sie wollen mir doch nicht sagen, Sie seien nicht daran interessiert, Ihre Nase in einen Mordfall zu stecken, in den ein Richter des Obersten Gerichtshofes verwickelt sein könnte.«

»Natürlich bin ich interessiert! Aber wir sollten abwarten, bis die Polizei ihn offiziell verdächtigt, und dann erst auf den Plan treten. Eine derartige Bombe würden wir auf keinen Fall einfach so hochgehen lassen, das kann ich Ihnen versichern. Der Herausgeber dieser Zeitung würde das niemals zulassen. Ich weiß nicht, ob Sie wissen, dass Rementería ein enger Freund des Präsidenten ist, es geht hier also nicht um jemand x-Beliebigen. Sollte die Polizei ihn verdächtigen, werden wir uns selbstverständlich mit dem Thema befassen. Und dann gehe ich der Sache natürlich nach, da können Sie sicher sein. Ich danke Ihnen sehr für die Information. Dürfte ich den Brief vielleicht fotokopieren? Falls Sie einverstanden sind, würde ich ihn gerne dem Kommissar vorlegen, der den Fall bearbeitet.

Geben Sie ihn mir kurz? Ich mache eine Kopie und bin gleich wieder da.«

»Die Polizei kennt diesen Brief, ich selbst habe ihn Fuenzalida gezeigt, und er hat mir im Gegenzug versichert, dass er mit dieser Geschichte nicht zu Amalias Ehemann gehen wird. Der hat nämlich nicht die leiseste Ahnung von der Existenz dieses Mannes.«

»Hat er nie etwas erfahren? Sechs Jahre, und er hat nichts bemerkt?«

»Ja, kaum zu glauben, aber es stimmt. Er hat von der Affäre nie etwas gewusst, und jetzt davon zu erfahren würde ihn umhauen.«

»Erlauben Sie mir trotzdem, den Brief zu fotokopieren? Nur für mich, zur Information. Ich werde ihn auf keinen Fall verwenden, solange Sie ihn nicht freigeben.«

»Versprochen?«

»Sie können sich auf mich verlassen«, sagte er und verließ den Raum, um die Blätter zu kopieren.

Auf dem Rückweg durch den Flur hatte ich weiche Knie und eine trockene Kehle.

Der Brief ließ mich nicht los. Am folgenden Nachmittag ging ich, ohne es Rafa gegenüber noch einmal zu erwähnen und wie von einer fremden Kraft getrieben, zum Obersten Gerichtshof, wo Señor Rementería sich bereit erklärte, mich zu empfangen, nachdem ein alter Mann ihm durch die Gegensprechanlage mitgeteilt hatte, eine Señora wolle mit ihm über den Tod von Amalia Griffin sprechen.

Und dort, in dem Büro, das Amalia und der Journalist ausführlich beschrieben hatten, wurde mir klar, dass alles sinnlos war. Ich gab Rementería den Brief zu lesen. Er ließ sich ausgiebig Zeit, und während er las, musterte ich seine Miene und suchte darin nach Anzeichen von Erregung, Überraschung oder Ärger. Aber sein Gesicht blieb erstaunlich ruhig. Er schien nicht sonderlich beeindruckt von der Beschreibung der erotischen Spiele, obwohl er selbst einer der Akteure war.

Anschließend saß er eine Weile da und blickte mich an, und aus seinen Augen sprach unglaubliche Traurigkeit. Oder Müdigkeit. Oder beides. Er lächelte scheu, so als wollte er sich für etwas entschuldigen.

»Sie irren sich, Señora, Sie irren sich ganz und gar«, sagte er nach einer Weile betont gelassen. In diesem Moment fand ich ihn sehr anziehend, und sein Blick wirkte ehrlich und offen. Ich hielt die Augen unverwandt auf seine Pupillen gerichtet und fragte ihn stumm: Sind Sie der Mann, der Amalia ermordet hat? Waren Sie es? Eine Weile lang hielt er diesem Blick stand, und ich muss gestehen, in seinen Augen lag nicht das geringste Anzeichen dafür, dass er ein Verbrecher war. Sollte ich mich tatsächlich verrannt haben? War Amalia womöglich so weit gegangen, diese ganze Geschichte mit dem geheimen Liebhaber zu erfinden? Nein, unmöglich. Ich war mir sicher, dass das unmöglich war.

Der Richter setzte eine teilnahmsvolle Miene auf und lächelte, diesmal ein wenig gezwungen. »Es tut mir sehr leid, dass ich Sie enttäuschen muss, aber ich habe Ihre Freundin nach dem einen Mal, als sie in meinem Büro war, um ihre durchweichten Schuhe zu trocknen, nie wiedergesehen.«

Er habe sie nie näher kennengelernt und natürlich auch nichts mit ihrem Tod zu tun, sagte er. Er wolle mir nicht ausweichen, aber zugegebenermaßen sei er doch ein wenig gekränkt, denn schließlich sei er Richter am Obersten Gerichtshof und kein Verbrecher. »Doch, schon gut«, fügte er kurz darauf versöhnlich und mit fast väterlichem Lächeln hinzu, »machen Sie sich um mich keine Sorgen, ich verstehe Ihren Schmerz und kann mir vorstellen, wie machtlos Sie sich fühlen. Bitte zögern Sie nicht, mich anzurufen, wenn Sie das Gefühl haben, ich könnte Ihnen behilflich sein. Obwohl ich nicht glaube, dass ich Ihnen besonders dienlich wäre. Doch zumindest kann ich die Ermittlungen im Auge behalten und dafür sorgen, dass alle notwendigen Schritte unternommen werden.«

Das war alles? Hier endete Amalias Tod? Bei einem Richter vom Obersten Gericht, den anzutasten niemand wagen würde? Bei diesem tadellos gekleideten Herrn mit den Umgangsformen eines Fürsten, den nicht einmal ein Narr mit einem Verbrecher verwechseln würde?

Zutiefst entmutigt verließ ich das Büro. Ich hatte mich vor einem Richter blamiert, und mit dem Brief hatte ich auch Amalia blamiert. Und das alles völlig umsonst. Ich muss gestehen, nachdem ich mit ihm gesprochen und den traurigen Schatten in seinen Augen gesehen hatte, nachdem ich seine liebenswürdige Bereitschaft, mir zuzuhören, erlebt hatte und den großen Respekt, den sein Wesen einflößte, überkamen mich Zweifel an dem Verdacht, der in meinen Gedanken immer mehr Gestalt angenommen hatte. Dieser feine Herr sollte sie erschossen haben? Höchstwahrscheinlich hatte er nichts mit ihrem Tod zu tun, selbst wenn die beiden ein Verhältnis gehabt hatten, da musste ich Rafa recht geben. Das eine musste nicht unbedingt mit dem anderen zu tun haben.

DER JOURNALIST

»Ich will nichts mehr davon hören! Lass mich endlich in Ruhe damit!«, schrie Francisco völlig außer sich. »Ich schwöre dir, diese Geschichte treibt mich noch in den Wahnsinn! Ich bin total nervös, bei den Aufnahmen habe ich irrsinnige Mühe, mich zu konzentrieren, ständig geht mir diese Geschichte durch den Kopf. Ich kann einfach nicht mehr, Samuel.«

Es tat mir weh, ihn so zu sehen. Es tat mir weh zu sehen, was aus unserer Beziehung geworden war, und ich hatte Angst, ihn zu verlieren, furchtbare Angst. Bis vor wenigen Wochen waren unsere Montagabende friedlich verlaufen, sanfte Musik, Jazz, Country, alte französische Chansons, lange Gespräche über uns und unsere Zukunft, Pläne, manche davon so albern oder versponnen, dass wir lachen mussten. Wir spielten Schach, Backgammon, und manchmal wurde es drei Uhr morgens, bis wir endlich unser Zahlenspiel beendeten, eine Erfindung von Francisco, bei der bestimmte Zahlen mit Ereignissen verknüpft wurden. Zum

Beispiel sagte Francisco »Zwölf!«, und ich musste dazu irgendetwas assoziieren. Ich sagte »das letzte Abendmahl« und nannte meinerseits eine Zahl.

»Vierzehn!«

»Erster Weltkrieg! Zwanzig!«

»Charleston! Achtzehnhundertachtundachtzig!«

»Azul von Rubén Darío.«

Von diesem Spiel waren wir begeistert. Wer verlor, musste ein Kleidungsstück abgeben, und um es zurückzubekommen, eine bekannte Persönlichkeit imitieren. Es versteht sich von selbst, dass Francisco, der im Imitieren unübertrefflich war, alle Kleidungsstücke zurückbekam und ich kein einziges, worüber er sich diebisch freute. Außerdem war Francisco ein wunderbarer Koch, er bereitete jeden Montag ein köstliches Abendessen, das er mit den Anekdoten der Woche und einigen pikanten Witzen aus dem Sender würzte. Und wir liebten uns ausgiebig. Es waren schöne Abende, und wir hüteten die wenigen Stunden, die wir gemeinsam verbringen konnten, wie einen großen Schatz. Inzwischen jedoch gehörten sie der Vergangenheit an. Mit den harmonischen Abenden war es vorbei. Wir gingen wie zwei Fremde miteinander um, wenn nicht gar wie Hund und Katze. Unsere Treffen degenerierten zu einem Hin und Her aus gegenseitigen Vorwürfen. Francisco hatte die Geduld mit meinen Ängsten verloren. Er machte mir Vorhaltungen, weil ich verschwieg, was ich gesehen hatte. Ihn nahm die ganze Sache genauso oder noch stärker mit als mich, er schlief schlecht, hatte begonnen, Beruhigungsmittel zu schlucken, und war ständig gereizt. Ich begann, ihn zu hassen. Nein. Es war umgekehrt. Er begann, mich zu verabscheuen. Ich hatte panische Angst, dass unsere Beziehung auseinanderbrechen würde. Der Mord an Amalia Griffin hatte unsere Welt auf den Kopf gestellt und nicht nur unser Privatleben verändert, sondern auch meine Arbeit. Die Zeitung hatte sich in einen brodelnden Kessel verwandelt, jeder fiel dem anderen ins Wort, um seine eigene absurde Mordtheorie zu Gehör zu bringen. Alberto Mancilla war einer der bedeutendsten Unternehmer im Land. Die Presse redete von nichts anderem mehr. Einige Artikel warfen der Polizei in scharfem Ton Ineffizienz vor. Wieso war sie noch immer nicht in der Lage, eine konkrete Spur zu verfolgen, obwohl seit dem Mord schon so viele Tage vergangen waren! Die Oppositionspolitiker nutzten die Sache, um der Regierung Unfähigkeit vorzuwerfen. Und Francisco packte die Zeitung und hielt sie mir mit finsterem Gesicht unter die Nase.

»Da, sieh dir das an, lies das, sie haben keine einzige heiße Spur, niemand weiß etwas, niemand außer dir. Wie kannst du nur weiter schweigen? Wie kannst du nachts überhaupt noch schlafen? Wie kannst du ruhig durch die Straßen laufen, arbeiten und mit deinen Journalisten Besprechungen abhalten? Bitte, Samuel, tu was. So kann es nicht weitergehen. Ich verstehe dich ja, ich verstehe deine Angst, ich weiß, wie schwierig das alles ist, aber du kannst jetzt nicht mehr warten, begreifst du das nicht?«

Langsam stieg mir das Wasser bis zum Hals und drohte mich zu ertränken. In der Frühe war Teresa Lagos zu mir in die Zeitung gekommen, eine enge Freundin von Amalia Griffin, von der am Vortag auch Rogelio Fuenzalida gesprochen hatte. Wir trafen unten am Eingang aufeinander, ich fragte sie, worum es gehe, und als sie mir sagte, um Amalia Griffin und mein Interview mit Rementería, erschrak ich so heftig, dass ich beinahe stürzte. In diesen Tagen erschreckte mich alles und jedes, doch als diese mir völlig unbekannte Frau den Richter und Amalia Griffin erwähnte, muss ich leichenblass geworden sein, was ihr sicher aufgefallen ist.

Die Frau hatte eine äußerst angenehme Ausstrahlung, sie war klein, eine sanfte Person mit großen, schwarzen Augen, die gerötet und geschwollen waren. Man sah ihr deutlich an, dass sie die letzten Tage viel geweint hatte. Während ich ihr zuhörte, musste ich mich zusammenreißen, um mir nicht anmerken zu lassen, wie sehr mich das, was sie mir erzählte, beunruhigte. Trotzdem muss ich sie entgeistert angeschaut haben, denn sie fragte, ob mich irgendetwas von dem, was sie gesagt habe, verärgere. Sie erzählte mir lang und breit von einer Affäre, die Amalia Griffin angeblich sechs Jahre lang gehabt hatte. Wie gern hätte ich überrascht gewirkt, aufgeregt, dankbar für ihre Informationen! Denn was sie mir da präsentierte, wäre unter anderen Umständen zweifellos für jeden in einem Verbrechen ermittelnden Journalisten überaus wertvoll gewesen, aber für mich war es nichts Neues. Nichts von dem, was sie erzählte, erstaunte mich.

Als sie mir den Brief zeigte, den Amalia Griffin ihr einen Monat vor ihrer Ermordung geschrieben hatte, versuchte ich, meine Nervosität zu beherrschen und mich zu konzentrieren. Vom ersten Absatz an zog er mich in seinen Bann. Was hatte das alles zu bedeuten? Hatten sie sich etwa wirklich nur wenige Meter entfernt von dem Sekretär, der im Vorraum saß, nackt ausgezogen? Man musste schon verwegen, ja verrückt sein, um so etwas zu tun. Der Sekretär hätte jeden Moment hereinkommen können. Während meines Interviews mit dem Richter etwa hatte er sich zweimal über die Gegensprechanlage gemeldet, und einmal war er mit Unterlagen hereingekommen, ohne dass der Richter ihn gerufen hatte. Es fiel mir sehr schwer zu glauben, was ich da las. Auch nach dem Interview mit dem Richter hätte ich niemals gedacht, dass sich hinter diesem gesetzten, ehrbaren Mann ein ganz anderer Mensch verbarg. Diese Geschichte passte nicht zur Persönlichkeit des Richters, zumindest nicht auf den ersten Blick. Sie passte ebenso wenig zu seiner Persönlichkeit wie das Bild des unter dem Zaun des Golfclubs hindurchkriechenden Mannes.

Nachdem ich den Brief zu Ende gelesen hatte, hielt ich den Blick noch eine Weile auf die letzte Seite gerichtet und tat so, als wäre ich noch nicht fertig. Ich brauchte Zeit. Wusste Amalias Freundin vielleicht noch mehr? Ich musste ihr zu verstehen geben, dass ich die Sache nicht selbst in die Hand nehmen könne, sondern dass man sie der Polizei überlassen müsse.

Nein, mehr wusste sie nicht, aber sie hatte keine Zweifel daran, dass die beiden ein Liebespaar gewesen waren (ich auch nicht). Nach ihrem Besuch war ich noch unruhiger als zuvor. Der Boden unter mir geriet immer mehr ins Wanken. Wenn nun der Verdacht durch sie auf den Richter gelenkt wurde und nicht durch mich? Nein, auch das beruhigte mich nicht, im Gegenteil. Je mehr man über den Fall wusste, desto größer wurde der Druck. Wenn jemand die Wahrheit wusste, dann ich. Ich war Zeuge dieses Verbrechens, und dass ich bereits die ganze Zeit geschwiegen hatte, obwohl ich wusste, dass der Richter weiterhin unbehelligt durch die Straßen lief, war unerträglich.

Als ich am Abend in der Wohnung in der Calle Luz eintraf, war Francisco nicht zu Hause. Er hatte mir einen Zettel mit der Nachricht hinterlassen, dass er sich etwas verspäten werde, weil er eine Besprechung mit den Leuten vom Sender habe. Ich regte mich wahnsinnig auf. Immer war er bereit, anderen Leuten Zeit zu widmen. Wer waren diese Leute vom Sender? Eine geheimnisvolle Größe, die für alles Mögliche stehen konnte. Auch für einen anderen Mann. Ich strich in der Wohnung umher wie eine eingesperrte Katze. Zwischendurch ging ich mit dem Fernglas auf den Balkon und richtete es erneut auf die Stelle, an der ich den Richter hatte vom Tatort flüchten sehen. Dieses Stück Bürgersteig, dieses Loch im Zaun, diese zwei Quadratmeter hatten mein Leben in unfassbarer Weise verändert. Was hatte den Richter nur derart außer sich gebracht? Plötzlich empfand ich Mitleid mit ihm. Meine momentane Lage war zwar nicht gerade beneidenswert, aber mit ihm hätte ich um nichts in der Welt tauschen mögen.

Drei Stunden später kam Francisco nach Hause. Ich war inzwischen auf hundertachtzig.

»Darf man erfahren, was du bis jetzt mit den Leuten vom Sender gemacht hast, wo du doch genau wusstest, dass ich hier auf dich warte? Warum hast du mich nicht angerufen und Bescheid gesagt, dass es so lange dauern würde?«

Er sah mich erstaunt an, so als würde er mich nicht wiedererkennen. Er wirkte schmal und war blass im Gesicht.

»Es gab kein Telefon«, sagte er.

Es gab kein Telefon. Im Sender gab es kein Telefon? War das die feine Art, mich zum Teufel zu schicken? Die Leute vom Sender hatten ihn wahrscheinlich in ein Stundenhotel mitgenommen oder in eine Bar, er stank entsetzlich nach Whisky.

»Du hast getrunken«, hörte ich mich sagen und erkannte mich selbst nicht wieder. Ich behandelte ihn wie eine hysterische Alte, eine dieser kontrollwütigen Ehefrauen, die man am liebsten aus dem Fenster schubsen möchte. Eine eifersüchtige Gattin. Aber ich war wirklich außer mir. Die dreistündige Warterei in seiner Wohnung hatte mich zur Weißglut gebracht.

»Na und? Natürlich haben wir was getrunken. Bei der Arbeit trinken wir doch immer oder pfeifen uns irgendwas rein, was glaubst denn du?«

Francisco war von Natur aus gutmütig, aber wenn er in Verzweiflung geriet oder sich in die Enge getrieben fühlte, konnte er grausam werden. Ich kannte diesen Tonfall und fürchtete ihn.

»Wer ist *wir*, Francisco? Kannst du mir bitte erklären, wer *wir* ist? Das ist doch die Höhe, dass du mich die halbe Nacht in deiner Wohnung warten lässt, obwohl ich dich angerufen und dir gesagt habe, dass etwas Wichtiges passiert ist und dass ich mit dir reden muss. Weil du der einzige Mensch auf der Welt bist, der den Schlamassel kennt, in dem ich momentan stecke, der einzige. Ich habe niemanden, mit dem ich über die Sache sprechen kann, in die ich da geraten bin. Du bist doch mein Partner, mein Freund … oder nicht?«

Meine normalerweise kräftige, tiefe Stimme war immer sanfter geworden, bis sie sich in ein klägliches Flehen verwandelt hatte. Francisco durchbohrte mich mit einem zornigen Blick.

»Ich bin nicht dein Partner, Samuel! Ich bin nicht wirklich dein Partner«, rief er fast weinend, »dein wahrer Partner ist deine panische Angst, dein Horror davor, anders mit deinem Leben umzugehen. Das ist dein einziger wirklicher Partner. Dolores und ich, wir sind nichts weiter als Komparsen deiner Angst.«

Seine Worte verletzten mich.

»Mach meine Angst bitte nicht zur Hauptfigur in dieser Geschichte. Meine Angst hat nichts mit der unglückseligen Tatsache zu tun, dass ich den Richter bei seiner Flucht beobachtet habe.«

»Natürlich hat sie was damit zu tun! Und deine Angst *ist* die Hauptfigur«, schrie Francisco.

Ich hob beschwichtigend die Hände. Dann sagte ich:

»Heute Morgen ist Teresa Lagos in meinem Büro erschienen. Das war die Sache, von der ich dir erzählen wollte.«

»Wer zum Teufel ist Teresa Lagos!«

Francisco verlor mehr und mehr die Beherrschung. In dieser Verfassung wirkte er, als schlitterte er einen Hang hinunter und würde jeden Augenblick gegen die Felsen am Fuß des Berges prallen. Ich wartete einen Augenblick und erzählte ihm dann in allen Einzelheiten von meiner Unterhaltung mit Teresa Lagos. Ich reichte ihm die Kopie von

Amalia Griffins Brief, und er riss mir die Blätter aus der Hand und begann, die Zeilen zu überfliegen, wie ein Angeklagter, der sich den Urteilsspruch des Richters durchliest. Als er fertig war, starrte er mich mit geröteten Augen an. Er war außer sich.

»Wenn du nicht gleich morgen zu diesem Richter gehst und ihm dieses Dokument zeigst, siehst du mich nie wieder. Kein Witz, ich meine es ernst, dann siehst du mich nie wieder«, wiederholte er, ohne das Zittern beherrschen zu können, das sein Kinn erfasst hatte. Er sah aus, als würde er jeden Moment zusammenbrechen.

»Francisco, hör mir bitte zu.«

»Ich will dir nicht zuhören! Ich will nichts mehr davon wissen! Ich will nicht! Du musst die Wahrheit sagen«, schrie er verzweifelt und knallte die Tür so heftig zu, dass ich erschrocken zurückblieb, mitten im Wohnzimmer, umgeben von Amalia Griffins Blättern, die über den Teppichboden verstreut lagen.

Am nächsten Tag ging ich wie ein Schlafwandler unter die Dusche, gab Dolores einen Scheck für den Gärtner, brachte meine Töchter zur Schule und fuhr ins Zentrum, zu Rementerías Büro. Ich dachte an gar nichts. Mir war egal, was passieren würde. Ich kam mir vor wie auf dem Weg zur Schlachtbank, zur Kreuzigung, zur Gaskammer; denn ich wusste, wenn ich beim Verlassen des Büros auf die Straße trat, würde ich am Abgrund zur Hölle stehen. In weniger als einer Stunde würde mein Leben sich vollständig verändert haben. Vom Büro des Richters wollte ich zum Polizeikommissariat gehen, um mit Fuenzalida zu sprechen. In meiner Aktentasche lag Amalia Griffins Brief. Der Sekretär hatte wie immer seine Tasse Tee vor sich auf dem Tisch.

»Ich weiß nicht, ob Señor Rementería Sie empfangen kann«, sagte er zu mir.

»Sagen Sie ihm bitte, es sei dringend. Es wird nicht lange dauern. Ich habe ihm etwas Wichtiges mitzuteilen.«

Der Mann schlurfte vor mir her und klopfte an die Tür.

»Wie geht es Ihnen, Cooper«, begrüßte mich der Richter kurz darauf lächelnd. »Ich habe sehr positive Rückmeldungen zu unserem Interview erhalten. Es scheint den Leuten gefallen zu haben. Hatte ja auch Hand und Fuß, meinen Sie nicht? Wie waren Sie denn zufrieden?«

Ich hörte ihn nicht. Das heißt, ich hörte ihn zwar, aber ich war in Gedanken so meilenweit entfernt von dem Interview, dass ich nichts dazu sagen konnte.

»Was führt Sie zu mir?«, sagte er, als wir in seinem Büro saßen, er im Ledersessel, ich auf dem englischen Stuhl.

»Das hier«, sagte ich und reichte ihm den Brief.

»Und was ist das?«

»Lesen Sie es bitte, es wird Sie interessieren«, sagte ich.

Der Richter las den Brief mit größter Sorgfalt, und ich ließ ihn nicht aus den Augen, die volle halbe Stunde lang, die er brauchte, um Zeile für Zeile entlangzuwandern, sorgfältig, so wie er vermutlich seine Gerichtsakten las. Endlich war er fertig und legte die Blätter ungeordnet auf den kleinen Tisch.

»Kennen Sie die Person, die das geschrieben hat?«

»Nein, ich habe sie nicht gekannt, aber ich glaube, Sie kannten sie. Amalia Griffin.«

In diesem Augenblick vollzog sich ein Wandel in seinem Gesicht. Eine hauchfeine, kaum merkliche Veränderung. Ich könnte nicht genau sagen, was es war. Seine Haut wurde glasig, durchsichtig, sehr glatt und grau. Nur für den Bruchteil einer Sekunde, nicht länger. Dann war er wieder derselbe wie vorher.

»Ich will ja nicht indiskret sein, aber woher haben Sie diesen Brief?«, fragte er. »Sie haben doch nicht etwa vor, ihn zu veröffentlichen? Das ist alles sehr persönlich. Wer auch immer die Person sein mag, auf die sich Amalia Griffin bezieht, es ist zu persönlich.«

»Erkennen Sie den Ort denn nicht wieder? Werden dort nicht Ihr Sekretär und Ihr Büro beschrieben?«, fragte ich und sagte mir, dass er sich im Grunde nur selbst verriet, wenn er so tat, als habe er auf diesen Seiten weder sein Büro noch seinen Sekretär wiedererkannt. Aber ich irrte mich. Der Richter war schlauer, als ich dachte.

»Natürlich erkenne ich es wieder. Es ist mein Büro. Und auch mein Sekretär. Das finde ich auch sehr amüsant, wirklich. Ich bin beeindruckt. Ja, Señora Amalia Griffin war tatsächlich einmal hier. Vor vielen Jahren. Wie lange das her ist, weiß ich gar nicht mehr so genau, wissen Sie, vielleicht sechs, sieben Jahre. Eine merkwürdige Geschichte. Ich lief gerade durch die Calle Estado und stieß auf eine Frau, die in eine Pfütze gefallen war. Offenbar war sie gestolpert. Selbstverständlich half ich ihr hoch, was jeder anständige Mensch getan hätte. Anschließend bot ich ihr an, mit in mein Büro zu kommen, um sich dort ein wenig die Schuhe zu trocknen. Ernesto hat ihr einen Tee gemacht. Wir haben uns eine Weile unterhalten, worüber genau, könnte ich Ihnen heute nicht mehr sagen. Es ist alles zu lange her. Das war das einzige Mal, dass ich sie gesehen habe. Die arme Frau. Ich habe es in der Zeitung gelesen. Wirklich traurig, was mit ihr passiert ist. Hat sie das hier geschrieben?«

Wie glänzend er sich verstellte! Denn es war klar, dass er genau das tat. Aus seinem Mund mochte alles Mögliche kommen, doch seine Hautfarbe und das leichte Zittern seiner Lippen verrieten ihn.

»Ja, das hat sie geschrieben. Sie wissen genau, dass sie es war. Einer engen Freundin zufolge – Teresa Lagos, ich weiß nicht, ob Sie sie kennen – hatte Señora Griffin einen Liebhaber, und sie glaubt, dieser Liebhaber sind Sie. Ich glaube das auch«, sagte ich.

»Und warum glauben Sie das, wenn ich fragen darf?«

»Weil ich am Morgen des Verbrechens auf einem Balkon stand, im zehnten Stock eines Hauses, das genau der Stelle gegenüberliegt, an der Sie vom Golfplatz geflüchtet sind. Ich habe Sie dort gesehen. Sie trugen einen cremefarbenen Mantel.«

Mir fehlen die Worte, um zu beschreiben, was daraufhin in diesem Büro geschah. Falls mein Gedächtnis mich nicht täuscht, begann alles, die Samtvorhänge, die Kühe auf dem Gemälde neben dem Präsidentenporträt, das Präsidentenporträt selbst, die antike Uhr, die auf einer Konsole thronte und den Raum beherrschte, die Bücher hinter den Gittertüren, alle Gegenstände im Raum und sogar wir beide uns zu verflüssigen. Die Dinge verloren ihre Kanten, ihre Rundungen, ihre Umrisse, wurden zu Wasser und wichen aus meinem Blick. Das Einzige in dieser zähflüssigen Luft, woran ich mich noch deutlich erinnere, ist der Blick des Richters und das, was er als Nächstes tat. Und das war sehr seltsam. Er begann, mit großen Schritten das Büro zu durchmessen. Hin und zurück, die Hände auf Hüfthöhe im Rücken verschränkt. Ohne etwas zu sagen. Er sagte nichts, brummelte nur einzelne Worte, die nicht so weit Gestalt annahmen, dass ich sie hätte verstehen können. Plötzlich hielt er inne und blieb unter dem riesigen Gemälde mit den Kühen stehen. Es hatte etwas Tragisches, wie er dort stand und mich betrachtete, als wüsste er nicht, was er sagen sollte. Eine Aureole der Verlassenheit schien sich um seinen Kopf gelegt zu haben. Dann fragte er:

»Und was haben Sie frühmorgens im zehnten Stock dieses Hauses gemacht? Hatten Sie nicht gesagt, ihr Flugzeug würde erst um diese Zeit landen? Hatte ich Ihnen nicht ein früheres Treffen angeboten, was Sie aber ablehnten, weil Ihre Maschine an diesem Morgen nicht vor acht Uhr landen sollte? Sie haben also gelogen. Ich weiß zwar nicht, warum, aber Sie haben gelogen.«

»Stimmt«, sagte ich. »Und ich hatte meine Gründe. Aber es geht ja jetzt nicht um mich. Es geht darum, dass ich bezeugen kann, dass Sie von dem Ort geflüchtet sind, an dem ein Verbrechen begangen wurde. Sie haben sie erschossen, nicht wahr?«

»Ich habe Ihnen bereits gesagt, dass ich sie praktisch nicht kannte. Und noch etwas. Ich weiß zwar nicht, warum Sie gelogen haben, doch wenn Sie in dieser Sache gelogen haben, wer garantiert mir dann, dass Sie nicht auch lügen, wenn Sie behaupten, Sie hätten mich gesehen? Wissen Sie, wie viele Männer einen cremefarbenen Mantel tragen? Verzeihen Sie, ich will Ihre Beobachtung gar nicht anzweifeln, ich meine damit nur, dass Sie jede beliebige Person gesehen und mit mir verwechselt haben könnten.«

»Sie waren es. Ich …«, begann ich, doch er ließ mich nicht ausreden. Er setzte sich wieder hin, stützte beide Hände auf die Knie und fuhr fort:

»Wenn Sie in La Reina wohnen, warum haben Sie dann die Nacht in besagtem Hochhaus verbracht? Ich will ja nicht neugierig erscheinen, Ihr Privatleben interessiert mich nicht, glauben Sie mir, aber ich bin doch überrascht, wie ungeniert Sie gelogen haben, sogar an dem Morgen, nachdem Sie diesen Mann auf dem Bürgersteig gesehen hatten. Ich habe Sie gefragt, wie Ihr Flug war, erinnern Sie sich? Und Sie haben geantwortet, Sie hätten einen sehr guten Flug gehabt, wie immer. Im Übrigen sollten Sie nicht unterschätzen, welch erstaunliche Zufälle sich manchmal im Leben ereignen.« Er machte es sich in seinem Sessel bequem, den Oberkörper in einer typischen Haltung nach vorne geneigt. Und dann erzählte er mir, er habe am selben Tag bei einem festlichen Mittagessen zufällig neben Julián Becerra gesessen, dem Leiter von *El Tiempo* in Concepción, und der alte Julián habe ihm gesagt, dort habe gar kein Treffen mit den Leuten aus Santiago stattgefunden. Sie hätten sich noch nie in Concepción getroffen. Becerra habe die Gelegenheit sogar genutzt, um auf den Zentralismus und die Arroganz der Hauptstädter gegenüber den Provinzen anzuspielen.

Ich hörte ihm zu und fand, der Alte habe ganz recht gehabt mit seinem kleinen Seitenhieb; auch ich war erst ein paar Mal in Concepción gewesen, obwohl ich schon seit Jahren bei der Zeitung in Santiago arbeitete.

»Sie wissen ja«, fuhr der Richter fort, »wer einmal lügt, lügt womöglich auch ein zweites Mal und ein drittes und viertes und so fort. Warum haben Sie mir denn an dem Morgen nicht sofort etwas gesagt, wenn Sie mich tatsächlich, wie Sie jetzt behaupten, nicht mal eine Stunde zuvor von einem Tatort hatten flüchten sehen? Können Sie mir erklären, warum Sie bis heute gewartet haben? Ich stelle nur die Fragen, die auch jeder Ermittlungsbeamte Ihnen stellen würde.«

»Aus Angst.«

»Angst? Angst wovor?«

Ich holte tief Luft. Was ich ihm dann sagte und wie jedes meiner Worte im Raum zu stehen schien, hat mich jahrelang in meinen Träumen verfolgt. Das Gewicht dieser wenigen Worte war das Gewicht meiner ganzen Widersprüchlichkeit. Und mich davon zu befreien verschaffte mir nicht etwa Erleichterung, sondern versetzte mich in eine unbeschreibliche Panik. In diesem Moment war ich nicht länger Samuel Cooper, nicht länger der Chefredakteur von *El Tiempo,* nicht länger Dolores' Ehemann und der Vater meiner Töchter, sondern ein Mann, der nicht mehr ruhig durch die Straßen gehen konnte.

»Zu gestehen, dass ich schwul bin.«

Der Richter hob den Kopf und schaute mich an. Ich hatte ihn eindeutig überrascht.

»Ich verstehe. Sie waren in der Wohnung eines Liebhabers«, murmelte er.

»So ist es.«

»Komplizierte Geschichte. Ich verstehe sehr gut, in welcher Lage Sie stecken. Wenn ich Sie wäre, würde ich diese

Angelegenheit mit dem größten Fingerspitzengefühl behandeln. Zunächst muss ich Ihnen noch einmal sagen, dass ich kein Mörder bin. Ich bezweifle ja nicht, dass Sie jemanden gesehen haben, bei dem es sich um den vom Golfclub flüchtenden Mörder gehandelt haben könnte. Warum sollte ich Ihren Worten misstrauen? Aber Sie müssen zugeben, dass es auch jemand anders gewesen sein könnte. Warum lassen Sie die Polizei nicht ermitteln und ihre eigenen Schlüsse ziehen? Und was Ihr persönliches Problem betrifft, würde ich Ihnen sehr raten, vorsichtig damit umzugehen. Unsere Gesellschaft reagiert äußerst empfindlich auf das Thema Homosexualität, das wissen Sie selbst, mit Diskriminierung und mit krankhafter sensationslüsterner Neugier. In weniger als vierundzwanzig Stunden wüsste die gesamte Öffentlichkeit Bescheid. Denken Sie auch daran, wie hart das für Ihre Frau und Ihre Töchter wäre.«

Was sollte ich darauf erwidern? Ich war so durcheinander, dass ich ihn nicht einmal fragte, woher er wusste, dass ich Frau und Töchter hatte.

»Denken Sie darüber nach, lassen Sie sich ein paar Tage Zeit, bevor Sie den Irrtum begehen und Behauptungen über meine Person in die Welt setzen, deren Sie sich nicht hundertprozentig sicher sind. Denn das können Sie gar nicht sein.«

»Vielleicht haben Sie recht«, sagte ich, und nun kamen mir selbst Zweifel daran, ob er es gewesen war, den ich vom Golfplatz hatte flüchten sehen. »Ich werde über alles nachdenken, Herr Richter, und mir das, was Sie gesagt haben, durch den Kopf gehen lassen. Bevor ich irgendetwas unternehme, lasse ich es Sie wissen.«

»Ich bedaure. Ich bedaure sehr, dass ich Ihnen nicht weiterhelfen konnte«, sagte er.

Wir verabschiedeten uns freundlich, genau wie die anderen Male. Als das Gitter des alten Aufzugs sich schloss, stand der Richter immer noch im Türrahmen und lächelte mir nach.

DER RICHTER

Wieder einmal saß er am Schreibtisch und rief sich Amalias Gesicht ins Gedächtnis. Er sah sie vor sich an einem jener Freitage, an denen sie ihn immer bis zum darauffolgenden Montag verließ. Er sah ihr aufgeregtes Gesicht, das Glücksgefühl, mit dem sie in die verbotenen Tage entschwand, dieses Glücksgefühl, das ihn verletzte und ihn allwöchentlich auf den Boden der Tatsachen zurückholte. Sechs Jahre lang hatten sie sich heimlich getroffen, und nie hatte er den Schmerz dieser Wochenenden abschütteln können. Ihr Leben war mit seinem nicht zu vergleichen. Dass Amalia keine Kinder hatte und in den ewigen Flitterwochen und der Freiheit kinderloser Ehepaare lebte, war etwas ganz anderes als sein Junggesellendasein. Denn er hatte sich stets, auch aus anderen Gründen als Sex, nach einer Frau gesehnt, die ihn zu Hause erwartete, die zuließ, dass ihre Brüste sich mit Milch füllten, die an Samstagen und Sonntagen und immer genau im ersehnten Augenblick für ihn da war. Er hatte es ihr gesagt. Und ob er es ihr gesagt hatte! Mehr als nur ein paar Mal. Aber Amalia war keine aufmerksame Zuhörerin. Seine Klagen, wie sie es nannte, gingen ihr zum einen Ohr hinein, vermischten sich in ihrem Kopf mit anderen verrückten Gedanken über diesen oder jenen Unsinn und kamen in Luft aufgelöst zum anderen Ohr wieder heraus.

Dass Amalia diese unwahrscheinliche Geschichte geschrieben haben sollte, verblüffte ihn. Er verstand nicht, woher sie diese abgehackte Sprache hatte. Hier entlang, sagte er. Danke, sagte ich. Soll ich Sie ausziehen? Ja, bitte, sagte ich. So parodierte er in Gedanken den Stil ihres Briefs. Soll ich Ihnen die Bluse ausziehen?, fragte er. Ja, vielen Dank, und ich ziehe Ihnen das Hemd aus. Hätte er nicht ihre Schrift wiedererkannt, hätte er angenommen, jemand anders habe diese zusammenphantasierte Geschichte niedergeschrieben. Doch an wen waren diese lügnerischen Zeilen gerichtet? Er errötete bei dem Gedanken an die Szene, in der Amalia mit einem Mann zusammen war, der ja wohl er sein sollte, sie beide wie brünstige Tiere, in einem Büro, das ganz offensichtlich das seine war. Er war doch kein unbeherrschter Lüstling. Amalia! Er konnte kaum glauben, dass sie ihn so gesehen hatte oder ihn so hatte sehen wollen. Das eine Mal, das Amalia in seinem Büro gewesen war, um ihre Kleidung zu trocknen, hatten sie nicht miteinander geschlafen, ganz gewiss nicht, eher wäre er gestorben, als es in seinem Büro mit einer Frau zu treiben. Und überhaupt, es waren fast drei Monate vergangen, bevor sie zum ersten Mal miteinander geschlafen hatten. Es war völlig anders gewesen als in dem Brief. Eher umgekehrt. Amalia hatte gezögert. Obwohl sie immer sagte, sie habe vom ersten Augenblick an gewusst, dass sie beide ein Verhältnis beginnen würden, hatte sie gezögert. Sie hatte den Sprung nicht gewagt. Ihr war bewusst, dass alles viel ernster und endgültiger würde, wenn sie erst einmal im Bett gelandet wären. Sie sei nun mal keine Frau für flüchtige Liebesaffären oder gefährliche Spielchen, die Alberto misstrauisch machen könnten, hatte sie ihm erklärt. »Vielleicht findest du mich verrückt, aber im Grunde bin ich eine vernünftige Frau. Lass mir etwas Zeit.« Immer hatte sie um etwas Zeit gebeten. Bevor sie begann, sich täglich mit ihm zu treffen, und genauso als sie entschied, sich gar nicht mehr mit ihm zu treffen.

Was hatte dieser Brief nur zu bedeuten? Er hatte nicht gewagt, Samuel Cooper um eine Kopie zu bitten. Und jetzt erinnerte er sich nur an einzelne Ausdrücke. »Streicheln auch Sie mich.« Bei der Erinnerung an diesen Satz musste er lächeln. »Streicheln auch Sie mich.« Er konnte sich nicht vorstellen, eine Frau, die er erst seit zehn Minuten kannte, um so etwas zu bitten. Wie kindlich Amalia doch gewesen war. Der Text hatte etwas Schönes, das er schätzte, etwas, was ihrer Naivität entsprang. Amalia hatte gern über Sex geredet, die sexuelle Freiheit der Frau von heute war eines ihrer Lieblingsthemen. Und trotzdem war sie schamhaft gewesen. Einmal hatte sie ihm gesagt, sie werde wohl nie begreifen, wie sie es gewagt hatte, an jenem Morgen nach dem Sturz in die Pfütze nur in ein Handtuch gewickelt aus dem Bad zu kommen. Denn im Grunde war es ihr peinlich, sich vor anderen Leuten auszuziehen, und das hatte sie an dem Tag ja auch nicht getan. Trotzdem mochte sie Sex, im Bett war sie leidenschaftlich, und das Wissen um diese Leidenschaft schnürte ihm an den Wochenenden die Brust ein.

Auf einmal öffnete sich in seinem Geist ein Fenster, und Amalias Geschichte erschien in einem neuen Licht. Nicht er war der Mann, den sie da beschrieb, das konnte unmöglich sein. Aber vielleicht war es eine Art Illusion. Juan Manuel spürte den Stachel der Eifersucht, und neuer Schmerz durchdrang ihn. Vielleicht hatte er sie nie verstanden. Vielleicht hatte er ihr nie gegeben, was sie wirklich brauchte. Vielleicht hatte sie deshalb etwas mit dem Maler angefangen.

Das Summen der Gegensprechanlage holte ihn aus seinen Grübeleien.

»Eine Dame ist hier«, sagte Ernesto, »Teresa Lagos. Sie möchte mit Ihnen über Señora Amalia Griffin sprechen.«

»Sagen Sie ihr, Sie möge hereinkommen.«

Wie durch einen dichten Nebel sah er sie eintreten und wusste augenblicklich, wer sie war. Teresa Lagos, Amalias Kindheitsfreundin, die Frau, mit der sie jeden Dienstag im *Bodegón* zu Mittag gegessen hatte, die Frau des Architekten, die Geschichtslehrerin. Amalia hatte ihm oft von ihr erzählt. Was tat sie hier?

Amalia hatte sie oft beschrieben, sogar Fotos hatte er von ihr gesehen. Ihre Gegenwart überwältigte ihn. Er verspürte den Wunsch, sie zu umarmen. Es war, als sei Amalia persönlich aus dem Grab gestiegen und säße jetzt zusammen mit ihrer Freundin auf dem englischen Stuhl. In ihren Augen sah er Amalias Augen. In ihrer erregten Stimme glaubte er, Amalias Stimme zu hören. Es kam ihm vor, als hätten sie die gleichen Hände. Einmal verzog sie ihren

Mund genau so, wie auch Amalia es immer getan hatte. Amalia war gleichsam mit im Raum und lauschte aufmerksam dem, was dort gesprochen wurde.

»Entschuldigen Sie bitte, dass ich so bei Ihnen hereinplatze, ohne Termin, aber es geht um etwas sehr Wichtiges, Señor Rementería. Ich hätte Sie nicht aufgesucht, wenn es nicht um eine so ernste Angelegenheit ginge. Ich möchte Sie bitten, diesen Brief zu lesen, den Amalia Griffin geschrieben hat. Amalia war eine enge Freundin von mir«, sagte Teresa, bevor er überhaupt den Mund aufmachen konnte.

Juan Manuel gab sich die größte Mühe, ruhig zu wirken, und nahm den Brief entgegen. Während seine Augen mit vorgetäuschter Neugier die Zeilen entlangwanderten, versuchte sein wie auf einer schwindelerregenden Karussellfahrt dahinjagender Verstand, einen klaren Gedanken zu fassen. Die Frau, die ihn unverwandt anblickte, war Amalias engste Freundin. Möglicherweise hatte Amalia ihr doch etwas von ihnen beiden erzählt. Vielleicht hatte sie ihr auch gesagt, sie habe vor, sich von Alberto zu trennen. Einmal hatten sie über die Möglichkeit einer Trennung gesprochen, nur ein einziges Mal und nur nebenbei, aber Amalia hatte die Möglichkeit sofort ausgeschlossen, als schrecke sie davor zurück, sie auch nur in Betracht zu ziehen.

Nachdem er die letzte Seite überflogen hatte, gab er Teresa den Brief zurück. Dann unterhielten sie sich lange. Er hätte danach nicht alles wiedergeben können, was sie gesagt und was er ihr geantwortet hatte. Auch wie lange Teresa in seinem Büro geblieben war, vermochte er nicht mehr zu sagen. Sie glaubte, er habe etwas mit Amalia Griffins Tod zu tun. Zwar beschuldigte sie ihn nicht des Mordes, fragte ihn auch nicht, ob er es getan habe, sondern sagte nur, er könne etwas mit ihrem Tod zu tun haben. Sie war überzeugt, dass er seit sechs Jahren eine Affäre mit Amalia hatte. Plötzlich wusste alle Welt Bescheid. So als hätte Amalia das Geheimnis ihrer Beziehung fröhlich in alle vier Winde hinausposaunt. Doch das hatte sie nicht. Und auch diese Frau wusste nicht mehr, als in diesem Brief stand. Die Wahrheit ihrer Liebe hatte Amalia für sich behalten. Ach, dachte er und erinnerte sich mit großer Zärtlichkeit an die Frau, die er so sehr geliebt hatte, dieser Brief bedeutete im Grunde gar keine Gefahr. Nichts, was aus Amalias Feder stammte, konnte gefährlich werden. Schon gar nicht ihm.

An der Tür verabschiedete er sich von Teresa. Plötzlich erfassten ihn Enttäuschung und Scham. Aber was sollte er tun? Teresa betrat den Aufzug und schaute ihn ratlos an. Er empfand ihren Blick als verhüllte Anklage.

Eine schreckliche Unruhe ergriff ihn. Plötzlich hatte er das nagende Gefühl, Amalia lebe, nichts von dem, was geschehen war, sei wirklich passiert, gleich würde er sie in der Bibliothek abholen, am Treppenaufgang wie immer, und sie würden den restlichen Nachmittag bei ihm zu Hause verbringen. Doch in der nächsten Sekunde hatte sich die Vision verflüchtigt, und ihm wurde bewusst, was vor sich ging. Es gab jemanden, der wusste, dass Amalia eine Affäre gehabt hatte, und der glaubte, er sei ihr Liebhaber gewesen. Und es gab einen Zeugen. Höchstwahrscheinlich würde dieser Zeuge früher oder später mit seinem Wissen an die Öffentlichkeit gehen, denn auf die Dauer war es nicht leicht, eine Information dieses Kalibers zurückzuhalten, schon gar nicht für einen Journalisten, mochte er noch so viel Angst davor haben, sich als Homosexueller zu outen. Irgendwann würde er zur Polizei gehen. Im Grunde brauchte er nur darum zu bitten, dass man seinen Namen verschwieg. Die Polizei hatte ja keinen Grund, seine Identität preiszugeben. Der Richter wusste, dass er umzingelt war, doch es machte ihm nichts aus, es war nur logisch, dass er entlarvt wurde. Aber er würde nicht ins Gefängnis gehen, er würde schon vorher nicht mehr leben.

Um halb fünf teilte er Ernesto mit, er werde jetzt gehen. Der klapprige Aufzug brachte ihn ins Erdgeschoss. Er stieg in sein Auto und fuhr nach Ñuñoa.

Zu Hause hängte er seinen Mantel in den Wandschrank, so wie er es immer tat, setzte sich im Arbeitszimmer in seinen Sessel und ließ sich von der Stille verschlucken.

TERESA

Düstere Tage folgten. Am schwersten fielen mir die Besuche bei Alberto. In seiner Gegenwart war ich wie gelähmt. Ich fühlte mich verpflichtet, von Amalia zu reden, wusste aber nicht, wie. Zwischen ihm und mir breitete sich ein Nebelfeld aus, in dem die ihm unbekannten Facetten von Amalia schwebten. Ich hatte ihn in den letzten Jahren nur selten gesehen und stand ihm nicht nahe genug, um mich als Freundin zu fühlen. Doch weil es sich so gehörte, besuchten Rafa und ich ihn in seinem Haus, setzten uns mit ihm in das riesige, lang gestreckte Wohnzimmer oder auf die Terrasse und vollführten verbale Verrenkungen, um die peinliche Stille zu verscheuchen, die sich immer wieder zwischen uns breitmachte. Wir hatten uns einfach nichts zu sagen. Am Ende tranken wir Martinis und plauderten über belanglose Dinge, über die man mit Menschen redet, die man kaum kennt, über das Wetter, die jüngsten Börsenbewegungen oder irgendwelche Nachrichten aus aller Welt. Manchmal auch über einen von Amalias Charakterzügen.

Alberto erzählte gern, wie anders als alle anderen sie gewesen war. Aber wie oft konnte man wiederholen, dass sie etwas Besonderes und ihre Spleens originell gewesen waren? Von der düsteren Realität ihres Todes oder vom Verlauf der Ermittlungen hätte man nicht sprechen können, ohne die Tatsache zu erwähnen, dass Amalia sechs Jahre lang einen Liebhaber gehabt und kurz vor ihrem Tod die Beziehung beendet hatte. Ich konnte nicht erwähnen, dass ich wusste, wer er war, oder zumindest einen Verdacht hatte, dass ich sogar mit dem Betreffenden gesprochen und ihm meinen Verdacht eröffnet hatte. Dass ich mit dem Ermittlungsleiter, mit Rafa und der Presse darüber geredet hatte. Und dass sie alle beschlossen hatten, wegzuschauen, ganz wie er es an ihrer Stelle wahrscheinlich auch getan hätte. Ich muss gestehen, einmal verspürte ich zwischendurch plötzlich den Drang, es ihm zu sagen. Mit ihm in den Garten zu gehen und ihm dort unter vier Augen alles zu erzählen. Und ein andermal kam es dann tatsächlich fast zu einem solchen Gespräch. Es geschah einige Tage nach Amalias Beerdigung. Wir waren bei ihm, ein zweites Paar, das ich nicht kannte, war gerade gegangen, und Rafa, Alberto und ich blieben allein auf der luxuriösen Terrasse des Hauses zurück. Alberto erzählte uns, am selben Morgen habe ihn ein Kriminalkommissar aufgesucht und ihm eine Reihe von Fragen gestellt, die auch er sich schon selbst gestellt habe.

»Er wollte wissen, ob Amalia einen Liebhaber hatte«, sagte er und sah mich forschend an. Natürlich erwartete er eine Antwort von mir. Als ich stumm blieb, fragte er mich direkt: »Weißt du, ob Amalia einen Liebhaber hatte?

Hatte sie irgendwann einmal eine Affäre, ein Abenteuer oder etwas Ähnliches? Weißt du etwas, was ich nicht weiß?«

In seiner Stimme, die jeden Augenblick zu brechen drohte, lag ängstliche Gespanntheit, und ich konnte nicht umhin, Mitleid mit ihm zu haben. Dieser massige, korpulente Mann war plötzlich verletzlich wie ein kleines Kind. Doch seine Augen waren so undurchdringlich wie immer. Seine Miene gab nichts preis. Er war ein kalter, mürrischer Mensch, in dessen Gesicht nie Anteilnahme oder Mitgefühl für das menschliche Leiden anderer zu lesen waren. Irgendwie schuf er stets eine Distanz zwischen sich und anderen Leuten. Die wenigen Male, die ich ihn persönlich erlebt hatte – stets inmitten anderer Leute, bei einem Fest oder einem Abendessen –, hatte er auf mich gewirkt wie jemand, der hinter einer Glasscheibe steht und einen Ball beobachtet, an dem er sich nicht teilzunehmen erlaubt. Es schien immer, als sei er nicht wirklich anwesend, als erfülle er nur eine Pflicht. Doch bei allen psychischen Problemen – von denen das größte war, dass er zu reich geworden war und ihn dieselbe Angst vor anderen Leuten quälte wie alle Millionäre – war Alberto kein schlechter Mensch, zumindest hatte er nie diesen Eindruck auf mich gemacht. Auch wenn er kein angenehmer Zeitgenosse war. Und ich wusste, dass er Amalia liebte. Auf seine Weise liebte er sie. Vielleicht war sie das Einzige, was dieser Mann jemals in seinem Leben geliebt hatte.

»Nein, Alberto«, sagte ich, vermutlich unter dem Einfluss eines beschwörenden Blickes, den Rafa mir so diskret zuwarf, wie es in diesem Moment möglich war. »Amalia hatte keinen Liebhaber. Wenn sie einen gehabt hätte, hätte ich es gewusst.«

Seine finstere Miene hellte sich auf. Ich konnte sehen, wie die Erleichterung seine groben Gesichtszüge verwandelte.

»Danke«, sagte er, und ich hatte das Gefühl, so weit gegangen zu sein, dass ich nun nicht mehr zurückkonnte.

Ich sah um mich und fand es nicht weiter verwunderlich, dass Amalias Abwesenheit so wenig auffiel. Sie hatte sich in ein gemachtes Nest gesetzt, wie man so sagt. Als sie Alberto heiratete, war alles schon da, die Möbel, die prunkvollen Vorhänge, fast sämtliche Gemälde, die Gartenanlage, die Ausstattung der Nebengebäude, und sie hatte nie Lust gehabt, irgendetwas davon anzurühren. Ihm dagegen gefiel sein Millionärsanwesen, denn der zur Schau gestellte Reichtum symbolisierte seinen Erfolg als Geschäftsmann.

Trist und ungemütlich, das waren die Worte, mit denen Amalia das Haus charakterisiert hatte. »Zwischen diesen Basttapeten huschen mehr Schatten umher als auf einem Friedhof, Teresa.« Amalia hielt sich praktisch nur zum Schlafen dort auf. Die Wochenenden verbrachte sie mit Alberto in ihrem idyllischen Häuschen im Norden. Ich war nie selbst dort gewesen, kannte aber unzählige Fotos von dem paradiesischen Plätzchen im Valle del Elqui. Alberto besaß ein eigenes Flugzeug, das er selbst flog. Amalia liebte diese Flüge von Santiago nach La Serena und zurück.

»Ich finde es bloß schade, dass Onkel Floro nicht mehr mitfliegen kann«, sagte sie manchmal zu mir. »Kannst du dir vorstellen, Teresa, was es für ihn bedeutet hätte, in den

Wolken zu schweben, aber diesmal richtig, nicht nur in Gedanken?«

»In Amalias Zimmer steht ein Karton mit Fotos, Briefen und anderen Papieren. Es wäre schön, wenn du sie dir ansehen könntest. Da ist vieles von dir dabei«, sagte Alberto an diesem Nachmittag zu mir.

Wir hatten zwei Stunden auf der Terrasse gesessen und uns über seine Geschäfte unterhalten. Zwei Stunden, in denen ich Amalias Tod zum ersten Mal in seiner vollen Wucht gespürt hatte. Jetzt war sie wirklich nicht mehr da. Ich war wie benommen, in einer Einsamkeit versunken, in der nichts mir helfen konnte, die aufsteigende Traurigkeit zurückzudrängen. Ich glaube, erst an diesem Nachmittag mit Alberto auf der Terrasse, umgeben von ebenso teuren wie nutzlosen Dingen und von seinen devoten uniformierten Dienstboten, ging mir die ganze Tragik dessen auf, was geschehen war. So ist der Tod. In einem winzig kleinen Augenblick tritt er ein, und dann meldet er sich immer wieder, schwillt an wie eine Lawine bis zu dem Moment, in dem er einen vollkommen überrollt.

»Hast du gehört, was ich eben zu dir gesagt habe?«, fragte Alberto.

»Ihre Sachen. Ja, natürlich. Willst du, dass ich sie mir jetzt anschaue, oder ist es dir lieber, wenn ich den Karton mit nach Hause nehme und ihn dir ein andermal wiederbringe?«

»Geh ruhig in ihr Zimmer und schau dir die Sachen jetzt an. Viel ist es nicht. Ich begleite dich nach oben. Bin gleich wieder da und mache uns die Martinis«, rief er Rafa zu.

Wir stiegen die breite Marmortreppe hinauf. Die Treppe

kannte ich und wusste, dass Albertos und Amalias Schlafzimmer im ersten Stock rechts lag. Doch diesmal gingen wir weiter nach oben, in den zweiten Stock, und dort tat sich zur Linken ein geräumiges Zimmer auf, das ich noch nie betreten hatte.

»Hat Amalia hier geschlafen?«, fragte ich überrascht, als ich an der hinteren Wand ein Einzelbett entdeckte. Es war ihr Bett aus dem Haus in Valencia, ein Bett, das auf Löwenpranken stand, und ich erkannte darin sofort Onkel Floros ehemaliges Jugendbett wieder.

»Sie schlief schon seit ein paar Jahren hier oben, mindestens seit vier Jahren. Hat sie dir nie erzählt, dass sie ihr Schlafzimmer in den zweiten Stock verlegt hat?«

»Ich glaube, einmal hat sie es erwähnt, aber ich weiß nicht mehr genau. Ich bin selten hier gewesen, sie war viel öfter bei uns zu Hause.«

»Nun, du weißt ja, wie unabhängig Amalia war. Und im Grunde spielte sich unser Leben mehr in unserem Haus im Valle del Elqui ab als hier. Sie schlief nicht gerne unten. Sie meinte, in unserem Schlafzimmer fühle sie sich wie eine Schiffbrüchige auf hoher See. Unter der Woche war ich ja immer viel unterwegs, wie du weißt.«

Wir setzten uns auf ein kleines gelbes, sehr fröhlich wirkendes Sofa, das gut zu Amalia passte – dass sie es gewesen war, die den Bezug ausgesucht hatte, stand für mich außer Frage –, und Alberto sagte, er habe ihr oft vorgeschlagen, das Haus zu verkaufen und umzuziehen, in ein kleineres und gemütlicheres als dieses Schlachtschiff, aber Amalia habe beschlossen zu warten.

»Worauf wollte sie warten?«

»Das weiß ich nicht so genau. Uns drängt doch niemand, hat sie immer gesagt, warum sollen wir es jetzt verkaufen? Und so verging die Zeit. Ich muss gestehen, dass ich nicht übermäßig darauf bestanden habe, weil ich dieses Haus immer sehr gerne mochte. Aber wenn sie es sich wirklich anders überlegt hätte, wären wir in ein kleineres gezogen.«

»Kann ich dich etwas fragen?«

»Nur zu«, sagte er.

»Wie stand es eigentlich zwischen euch beiden?«

Er starrte auf die frisch gebohnerten Dielen. Nach einer Weile schaute er auf und sagte:

»Es stand nicht gut. Das heißt … besondere Probleme gab es eigentlich nicht, jedenfalls nichts Spezielles, ich habe sie zum Beispiel nie betrogen, nicht mal im Traum, so etwas Dummes hätte ich nie getan, wo ich doch bereits eine Ehe hinter mir hatte, und ich glaube, sie auch nicht. Nein, damit hatte es nichts zu tun, es lag vielmehr daran, dass wir uns mit der Zeit immer mehr auseinandergelebt haben. Ich merkte, wie Amalias Interesse an meinen Angelegenheiten stetig nachließ, und wenn wir schon mal über meine Geschäfte sprachen, kam sie mir immer mit ihrem Gerede über Ethik. Ich merkte, wie sie mich infrage stellte, und glaub mir, das hat mich ziemlich geärgert, oh ja, das ist mir verdammt auf die Nerven gegangen! Die meisten Unternehmer sind von Grund auf unmoralisch, sagte sie, sie haben keine Ahnung, wie wichtig Ethik für eine Gesellschaft ist, sie scheren sich gar nicht darum, sie sind nur daran interessiert, ob ihre Geschäfte laufen. Was sollte ich ihr darauf antworten, Teresa? Kannst du mir das sagen? Was sollte ich ihr darauf antworten? Natürlich unterscheidet sich die Moral eines Unternehmers von der eines Priesters! Dieses System hat seine eigenen Normen, das weiß ich, aber so ist das nun mal, und wenn man sich dabei an die Spielregeln hält, ist man nicht unethischer als alle anderen auch. Aber das hat sie nie verstanden.«

Er schwieg erneut, und nach einer Weile sagte er traurig:

»Ich glaube aber, dass Amalia mich trotz allem geliebt hat. Aber weißt du, ich habe im Grunde immer mit einem Damoklesschwert über dem Kopf gelebt und war dankbar für jeden Tag, den sie mit mir zusammenblieb; wenn ein Paar keine Kinder hat, ist die Bindung entweder sehr stark oder sehr schwach, das weißt du ja. Da gibt es kein Mittelding. Und in unserem Fall habe ich immer gespürt, dass sie sehr schwach war.«

Aus seinen Worten sprach eine Traurigkeit, die ich durchaus nachempfinden konnte. Ich hatte in letzter Zeit oft das Gefühl gehabt, dass meine Ehe mit Rafa auf keiner soliden Grundlage ruhte, dass wir aus Trägheit zusammenblieben und nicht so sehr, weil starke Bande uns zusammenhielten. Einmal, als ich mit Amalia darüber sprach, hatte ich sie sogar um ihre Fähigkeit beneidet, das Leben so zügellos zu leben, wie sie es tat. Als ich ihr das sagte, antwortete sie mir, man dürfe nicht mit Leichtlebigkeit verwechseln, was letztlich das Wichtigste im Leben sei, die Ehrlichkeit sich selbst gegenüber, im Einklang mit den eigenen Werten zu handeln und sich daran zu messen. Trotzdem hatte ich jedes Mal, wenn ich mit ihr redete, das Gefühl, für sie sei alles nur ein Spiel. Ich verstand nur zu gut, was Alberto meinte.

»Ich hatte wahnsinnige Angst, sie zu verlieren«, fuhr Alberto fort. »Dauernd hatte ich Angst, sie zu verlieren.«

»Warum?«

»Weil sie mir mit den Jahren jünger und energiegeladener erschien, während ich mich immer älter und gebrechlicher fühlte. Im Grunde wusste ich, dass ich nicht ein Leben lang ihr Partner bleiben würde.«

»Was ich nicht verstehe«, erwiderte ich behutsam, »ist, warum du dich so sehr von der Arbeit hast vereinnahmen lassen. Vielleicht war das der Grund, weshalb ihr euch auseinandergelebt habt. Amalia war sehr viel allein. Das hat sie dir doch bestimmt oft gesagt.«

»Du wirst es nicht glauben, Teresa, aber diese Frage habe ich mir tatsächlich immer wieder gestellt. Und die einzige Antwort, die mir darauf einfällt, ist, dass ich panische Angst davor hatte, als alter Griesgram zu Hause zu sitzen und die hübsche Ehefrau zu bewachen wie ein Gefängniswärter.«

Wieder schwieg er. Ich ließ meinen Blick über Amalias Sachen wandern, Onkel Floros Zeichentisch, ein Weidenregal, das im Haus in Valencia im Flur gestanden hatte, ein Foto von ihrer Mutter und Tante Herminia. Und auf dem Nachttisch neben dem Bett, in einem großen Silberrahmen, stand er! Ich war tief gerührt, als ich ihn sah. Onkel Floro als Meduse verkleidet. Mein Gott! An dieses Foto konnte ich mich gar nicht erinnern. Ich schloss die Augen, und Bilder aus fernen Kindertagen stürmten auf mich ein, Bilder von dem Tag, als Onkel Floro als Meduse verkleidet mit uns Picknick gemacht hatte, am Ufer des Rio Maipo, der bei ihm natürlich Skamander hieß. Alberto bemerkte meine Rührung und ergriff meine Hand, und jetzt war es seine Stimme, die klang, als käme sie aus einer anderen Welt:

»Kann ich dich etwas fragen?«

Ich ahnte, was nun kommen würde, und ich täuschte mich nicht:

»Amalia hatte einen Liebhaber, stimmt's? Sag es mir ehrlich, Teresa. Es ist mir lieber, wenn ich es weiß.«

Im Lauf der Jahre habe ich nie bereut, was ich nun zu ihm sagte. Dass jene Worte mit einer solchen Festigkeit aus meinem Mund kamen, als hätte ich mich noch in der Sekunde, bevor ich sie aussprach, von ihrer Wahrhaftigkeit überzeugt, lag allein daran, dass ich Amalias Stimme im Ohr hatte, die mir zuflüsterte: Es gibt Augenblicke, Teresa, in denen ist Lügen das einzig Richtige.

»Hör mir gut zu, Alberto. Amalia hat niemals einen Liebhaber gehabt. Sie hat mehr in den Wolken gelebt als in diesem Haus oder irgendwo sonst, und wenn du nicht da warst, war sie in der Bibliothek oder mit mir zusammen. Hätte es einen anderen Mann in ihrem Leben gegeben, so wäre ich die Erste gewesen, die es erfahren hätte. Verstehst du? Bitte schlag dir diesen Gedanken aus dem Kopf.«

»Danke«, sagte er und drückte meine Hand, die er die ganze Zeit nicht losgelassen hatte.

»Bedank dich nicht bei mir«, sagte ich zu ihm und fühlte mich ebenfalls sonderbar erleichtert. Wobei meine Erleichterung, oder wie man das Gefühl der Entspannung sonst nennen kann, das mich durchströmte, nur einen Atemzug lang anhielt. Denn gleich darauf quälte mich Angst. Mir wurde bewusst, was für eine Katastrophe über uns hereinbrechen würde, falls eines Tages herauskam, wer Amalia ermordet hatte, und Alberto feststellte, dass wir ihn angelogen hatten, dass wir alle mitgeholfen hatten, den Betrug seiner Frau zu decken, und damit in gewisser Weise auch ihren Mörder. Doch darüber wollte ich in diesem Augenblick nicht nachdenken.

»So. Dann mach ich uns mal die Martinis, dein Mann ist unten auf der Terrasse bestimmt schon festgewachsen. Ich lass dich allein, guck dir ruhig alles an, und nimm mit, was du willst.« Damit ging er und ließ mich inmitten von Amalias Sachen zurück, in dem einzigen Raum dieser Villa, der wirklich ihr gehört hatte.

Die Kiste, die Alberto auf den Tisch gestellt hatte, war voll mit Bildern von Amalia in jedem Lebensalter, Aufnahmen im Kommunionkleid, auf dem Schulhof, beim Seilspringen mit mir, ein Foto von Schwester Cecilia inmitten einer Gruppe von Schülerinnen und mehrere von Amalias Hochzeit mit Alberto, sie in ihrem elfenbeinfarbenen Kleid und Alberto im eleganten schwarzen Smoking. Ich betrachtete die Fotos, als sähe ich sie zum ersten Mal, dabei hatte ich sie schon oft gesehen, und konnte mir die Frage nicht verkneifen, warum sie diesen Mann geheiratet hatte, was er ihr außer Geld und Wohlstand eigentlich hatte bieten können. Ein Mann, der so anders war als sie. Dass Alberto so viel älter war, hatte im Grunde keine Rolle gespielt, die tiefe Kluft, die beide trennte, rührte nicht vom Altersunterschied her, sondern von allem anderen. Vielleicht hatte sie in ihm eine Vaterfigur gesucht, einen Ersatz für ihren Onkel Floro, aber, heilige Muttergottes, wenn es jemanden gab, der genau das Gegenteil von Onkel Floro war, dann dieser bodenständige, hölzerne Unternehmer, dem nichts so wichtig war wie sein Ruf und die Reputation seiner Unternehmen. Die einzige Erklärung, die mir einfiel und über die Rafa immer lachte, war, dass Amalia es nie geschafft hatte, den Minderwertigkeitskomplex zu überwinden, unter dem sie als junges Mädchen gelitten hatte, wenn wir auf Feste oder Partys eingeladen waren und sie den ganzen Abend an der Treppe herumstand wie bestellt und nicht abgeholt, weil sie zu groß war und die Jungen sie nicht zum Tanzen aufforderten. Vielleicht war das die Erklärung. Möglicherweise hatte sie in diesem reichen, mächtigen älteren Herrn, der viel größer war als sie, eine Art Gegengewicht gefunden zu den langen Abenden mit langem Gesicht, an denen sie alles hasste, was Hosen trug und die altmodischen Kleider streifte, die ihr Tante Herminia und ihre Mutter geschneidert hatten.

Zwischen den Sachen in Amalias Kiste stieß ich auf das unvergessliche Foto, auf dem Onkel Floro halb nackt am Gestade des Kifissos entlangläuft – im Wohnzimmer des Hauses in Valencia. Auf der Rückseite des Fotos stand in seiner Handschrift: *Jenseits aller Meere und der entlegensten Regionen der Erde, jenseits der Quellen der Nacht und der Himmelsweite liegt der Garten des Apoll.* Aus dieser Zeit stammten auch mehrere Briefe, Briefe von mir und solche, die Onkel Floro Amalia auf einer seiner Spanienreisen geschrieben hatte, lauter Dokumente also, die sie ihr Leben lang liebevoll aufbewahrt hatte, weshalb ich sie betrachtete wie Heiligtümer. Mittendrin stieß ich auf einen Abholschein des Fotogeschäfts »Nanette«, das im Stadtzentrum lag, in der Astor-Passage. Ich kannte diese Passage an der Ecke Calle

Huérfanos, Calle Estado, vermutlich war es das Fotogeschäft, das Amalia in ihrem Brief erwähnt hatte. Dann fiel mir das Alter des Abholscheins auf. Das Abgabedatum lag sechs Jahre zurück. Handelte es sich dabei womöglich um die Fotos, die sie an dem Tag dort abholen wollte, als sie in die Pfütze fiel? Amalia hatte diese Quittung aufbewahrt, war aber offenbar nie dazu gekommen, die Bilder abzuholen. Mich überraschte, dass die Polizei den Abholschein nicht entdeckt hatte, sonst hätte sie die Bilder doch mit Sicherheit beschlagnahmt. Ich steckte den Schein in meine Handtasche und nahm mir vor, bei dem Laden vorbeizugehen, wenn ich das nächste Mal im Zentrum zu tun hatte. Vielleicht hatte man dort die Fotos aufgehoben. Als ich weiter Papiere und Fotos sortierte und die zahllosen Zeitungsausschnitte durchsah, die Amalia aufgehoben hatte – was ich eher untypisch für sie fand und was vielleicht Teil ihres Daseins als Ehefrau gewesen war –, fiel mir plötzlich ein Artikel aus dem Feuilleton von *El Tiempo* in die Hände. Es war ein kurzer Bericht mit Foto über eine Gemäldeausstellung in einer Galerie im Stadtteil Barrio Alto. Das Foto zeigte Amalia in einem blauen Kleid, einem hübschen Leinenkleid, das sie sich nur wenige Monate vor ihrem Tod gekauft hatte. Sie stand neben einem jun-gen Mann mit großen, dunklen Augen, buschigen Augenbrauen und lockigem, schulterlangem Haar. Es handelte sich um den ausstellenden Maler. Er hatte einen Arm um Amalia gelegt. Aufmerksam sah ich mir die beiden an. Unter dem Foto stand sein Name, Benjamín Prado. Von seiner Malerei hatte ich schon gehört, sah aber zum ersten Mal ein Foto von ihm. Benjamín Prado. War das vielleicht der Maler, in den

Amalia sich verliebt hatte? Erneut betrachtete ich die beiden. Der Mann hatte die Gesichtszüge eines Zigeuners. Er posierte mit der provokanten Lässigkeit, die so typisch für junge Künstler ist, und schaute mit einem etwas traurigen, aber sehr sympathischen Gesichtsausdruck in die Kamera. Er trug eine schlichte Tunika und war deutlich jünger als Amalia. Sie strahlte neben ihm und sah aus, als bitte sie den Fotografen, sie in diesem einzigartigen Augenblick zu verewigen. Ich konnte die Tränen nicht mehr zurückhalten.

War das wirklich der Maler, in den sie sich verliebt hatte, der Mann, der letzten Endes der Auslöser für die ganze Tragödie war? Plötzlich war ich mir sicher, dass es sich hier um den kranken Künstler handelte, mit dem sie nicht hatte schlafen können. Um den Mann, für den sie den Richter verlassen hatte. Jedenfalls war das absolut denkbar. Nicht umsonst hatte Amalia den Zeitungsausschnitt bei ihren wichtigen Unterlagen aufgehoben. Sollte ich zu ihm gehen, um mit ihm über Amalia zu sprechen?

»Du kannst doch nicht einfach durch die Weltgeschichte laufen, bei den Leuten anklopfen und fragen: Waren Sie Amalias Liebhaber? Waren Sie derjenige, der sie umgebracht hat?«, sagte Rafa zu mir, als ich ihm abends von meinem Plan erzählte.

Doch mein Entschluss stand fest. Sollte ich mich geirrt haben, so war das auch nicht weiter tragisch. Er würde meine Motive sicher verstehen.

Am nächsten Tag ging ich zur Kunstgalerie und bat um Benjamín Prados Adresse. »Ich bin sehr an seinen Bildern interessiert«, log ich. Die Frau, mit der ich sprach, sagte mir, sie würde ihn anrufen, während ich zu ihm unterwegs sei, und ihn bitten, mich zu empfangen.

Er wohnte in einem alten Haus in einer kurzen Seitenstraße zwischen der Calle Marchant Pereira und der Calle Antonio Vara. Er kam persönlich an die Tür, und da er mich offensichtlich für die an seinen Gemälden interessierte Kundin hielt, begrüßte er mich freundlich und bat mich ohne Umschweife ins Haus.

»Hier entlang bitte.«

Er war groß und sehr schlank. Sein Haar hatte er zu einem Pferdeschwanz zusammengebunden, und er trug dieselbe Tunika wie auf dem Foto. Er führte mich in den hinteren Teil des Hauses, und wir betraten sein Atelier, das dank vier großer Dachfenster und zwei auf einen kleinen Garten hinausgehender Seitenfenster von Licht durchflutet war. Der Raum besaß eine sehr hohe Decke, als läge er in einem Turm. Überall an den Wänden hingen oder lehnten Bilder. In der Mitte des Ateliers baumelte an einer langen Kette eine alte Messinglampe von der Decke. Die stickige Luft roch nach Terpentin.

»Ich lass mal ein bisschen Luft rein«, sagte er entschuldigend und öffnete eines der Fenster. »Ich bin praktisch den ganzen letzten Monat nicht in diesem Raum gewesen, in den vergangenen Wochen war das Atelier geschlossen. Die Dame von der Galerie hat mir eben Bescheid gesagt, dass jemand Interesse an meinen Bildern hätte. Zum Glück hat sie gleich angerufen, ich wollte nämlich gerade nach Melipilla fahren. Sie haben mich hier eigentlich nur zufällig angetroffen, Sie sind gerade rechtzeitig gekommen«, sagte er, während er einige der Bilder umdrehte.

»In der Galerie habe ich das zwar behauptet, aber ich bin nicht hergekommen, um Ihre Bilder zu sehen.«

Überrascht sah er mich an.

»Nein?«

»Nein. Ich bin hergekommen, um mit Ihnen über eine Frau zu sprechen, die wir beide gekannt haben … von der ich glaube, dass wir sie beide gekannt haben. Amalia Griffin.«

Augenblicklich nahm sein Gesicht einen völlig anderen Ausdruck an. Seine Stirn zog sich schmerzlich zusammen. Da wusste ich, dass er es war. Er ließ sich neben einer Staffelei auf einen hohen Hocker sinken und blickte mich aus starren Augen an.

»Es ist alles so schrecklich! So schrecklich! Natürlich kannte ich sie. Ich kann es immer noch nicht fassen. Es ist, als hätte ich einen Schlag auf den Kopf bekommen. Warum, frage ich mich, warum muss so etwas geschehen?« Und er redete und redete. Etwas in ihm schien sich gelöst zu haben. Es war, als hätte er auf den Besuch eines Menschen gewartet, dem er sein Herz ausschütten konnte.

»Sie können sich nicht vorstellen, wie sehr mich das alles getroffen hat. Ich komme immer noch nicht über diesen Schlag hinweg, ich kann einfach nicht glauben, dass sie tot ist. Es ist furchtbar. Deshalb habe ich auch mein Atelier nicht aufgemacht. Ich konnte mich auf nichts mehr konzentrieren. Für mich ist wirklich eine Welt zusammengebrochen, ich war völlig am Boden zerstört. Etwas Schlimmeres hätte mir in diesem Augenblick nicht passieren können. Sie sind Teresa Lagos, nicht wahr? Ihre Kindheitsfreundin. Sie ahnen ja nicht, wie viel wir von Ihnen gesprochen haben.

Ich habe Sie kennengelernt, ohne Sie jemals gesehen zu haben. Amalia hat Sie sehr gemocht, sie hat Sie unheimlich bewundert … Nein, sagen Sie nichts, ich weiß, dass sie Ihnen von uns erzählt hat. Sie selbst hat es mir gesagt.«

»Stimmt. Ihren Namen hat sie nie erwähnt, aber sie hat erzählt, sie habe sich in einen Maler verliebt, der viel jünger sei als sie.«

»So viel jünger nun auch wieder nicht, nur zehn Jahre«, sagte er schlicht. »Und ich freue mich, dass sie es Ihnen gesagt hat, denn auch ich war sehr in sie verliebt. Es hat nur kurz gedauert, leider, nur sehr kurz, alles in allem waren wir nur drei Monate zusammen. Wir waren eine Woche in ihrem Haus am Lago Ranco und haben uns oft hier im Atelier getroffen oder im Zoo. Sie liebte es, im Zoo spazieren zu gehen, bis hinauf zum Gipfel des Hügels, von dem aus man ganz Santiago überblicken kann. Die kreischenden Affen faszinierten sie, und sie konnte stundenlang einem Seelöwen zuschauen, der unter Wasser in die Flossen klatschte, und wenn sie vor den armen Elefanten stand, vor diesen traurigen, verlausten und runzeligen Tieren, kamen ihr jedes Mal die Tränen. Ich war mehrmals mit ihr dort. Amalia meinte, zoologische Gärten seien ein Spiegel der ›Condition humaine‹. Was die Menschen den Tieren antäten, würde sich nicht sehr von dem unterscheiden, was sie einander anzutun bereit seien.«

»Das ganze Leben hätte es dauern sollen und war so schnell vorbei«, fuhr er fort. »Als ich sie kennenlernte, ging es mir gesundheitlich ziemlich schlecht, ich hatte ein ernstes Problem, inzwischen geht es mir aber viel besser … Ach, wie gut, dass Sie gekommen sind! Sie wissen ja nicht, wie dankbar ich Ihnen bin, es ist, als hätte der Himmel Sie geschickt. Ich schwöre Ihnen, ich war wirklich verzweifelt. Ich musste Amalia versprechen, niemandem von unserer Beziehung zu erzählen, sie hatte Angst vor der Reaktion ihres Mannes, sie meinte, in diesem Kaff würde sich die kleinste Kleinigkeit sofort herumsprechen und am nächsten Tag in der Zeitung stehen. Als ich von ihrem Tod erfuhr, fühlte ich mich wie ein Tiger im Käfig. Ich musste mit irgendjemandem sprechen. Aber zugleich hatte ich große Angst. Wahnsinnige Angst. Seit Tagen kann ich nicht mehr schlafen.«

»Wovor hatten Sie Angst?«

»Na ja, der Liebhaber einer ermordeten Frau zu sein ist nicht gerade ein Privileg, besonders, wenn es sich um die Frau eines so einflussreichen Mannes handelt. Käme unsere Beziehung ans Licht, würde die Polizei mich natürlich ins Visier nehmen.«

»Wussten Sie, dass sie vorher lange Zeit mit einem anderen zusammen war?«

»Ja, das hat sie mir erzählt.«

»Hat sie Ihnen auch gesagt, wer es war, wie der Mann hieß?«

»Nein. Ich wollte es auch nicht wissen.«

»Ist Ihnen nie der Gedanke gekommen, dass dieser andere sie ermordet haben könnte?«

Ich sah, wie er blass wurde.

»Nein, der Gedanke ist mir ehrlich gesagt nie gekommen. Aber warum sollte er sie ermorden?«

»Na ja, aus Eifersucht. Er muss gewusst haben, dass Amalia sich in einen anderen Mann verliebt hatte.«

»Aber eine Frau, die man so lange geliebt hat, tötet man doch nicht, nur weil ihre Liebe nachgelassen hat. Genau das war nämlich passiert. Ich selbst hatte mit der Trennung der beiden nichts zu tun. Als ich Amalia kennenlernte, hatte sie schon seit einer ganzen Weile beschlossen, mit ihm Schluss zu machen. Sie wusste nur nicht, wie. Ich verstehe, dass es für ihn sehr schwer gewesen sein muss, ich kann es mir nur zu gut vorstellen. Amalia war eine von diesen ganz besonderen Frauen, bei denen man im Nachhinein denkt, es wäre wohl besser gewesen, man hätte sie nie kennengelernt, weil man es nicht erträgt, sie wieder zu verlieren. Wer ist dieser Mann? Kennen Sie ihn?«

»Sie werden es kaum glauben, es erscheint mir ja selbst unglaublich, aber ich kannte ihn nicht, ich kannte nicht einmal seinen Namen. Es kommt Ihnen sicher merkwürdig vor, dass ihre beste Freundin ihn kein einziges Mal gesehen haben soll, aber es stimmt«, sagte ich und holte Amalias Brief hervor, den ich mitgenommen hatte und der zusammengefaltet in meiner Handtasche lag. »Wären Sie so nett, das hier zu lesen? Es ist ein Brief, den Amalia mir geschrieben hat«, sagte ich und reichte ihm den Brief.

Wieder handelte ich gegen Rafas Rat. Mit zitternden Händen nahm der Maler die Blätter entgegen und begann zu lesen. Seine Miene spiegelte Überraschung, Scham, Schmerz, Ungläubigkeit, bis er schließlich mit Tränen in den Augen wieder zu mir hochschaute.

»Verzeihen Sie. Ich bin so überwältigt ... Sie hat es sehr schön beschrieben.«

»Was beschrieben?«, fragte ich, da ich nicht verstand, was er meinte.

»Unser Zusammensein, hier in diesem Atelier, bei unserer ersten Begegnung. Na ja, ganz genau so war es nicht, ich habe keinen Sekretär, und eine Tasse Tee wäre wohl das Letzte, was ich Amalia angeboten hätte. Aber an diesem Abend geschah etwas sehr Ähnliches wie das, was sie beschreibt. Es war der Tag, an dem wir uns kennengelernt haben.«

»Also stimmt das, was sie in dem Brief beschreibt? Und es ist hier passiert, sagen Sie?«

» Ja ... Ich verstehe nicht, warum sie es an einen ganz anderen Ort verlegt hat. Keine Ahnung, warum. Das ist eindeutig das Büro von jemand anderem, oder sie hat es erfunden. Vielleicht ist es das Büro ihres Mannes. Obwohl, einmal hat sie es mir beschrieben als einen prachtvollen Raum im obersten Stockwerk eines Hochhauses im Zentrum von Santiago, luxuriös ausgestattet, mit großen Fenstern nach allen Seiten, von denen aus man die ganze Stadt überblicken kann. Vollkommen anders als dieses hier. Sie ...«

Ich unterbrach ihn.

»Einen Moment, bitte erklären Sie mir das genauer. Sie erkennen diese Geschichte also wieder. Hat Amalia Ihnen von dem Brief erzählt?«

»Nein. Aber ich habe Ihnen ja schon gesagt, dass darin ein Abend beschrieben ist, den Amalia und ich in diesem Atelier verbracht haben.« Er wirkte ein wenig ungeduldig. »Nach meiner Vernissage sind wir zusammen hierhergekommen. Wir haben ein paar Flaschen Wein gekauft und sind fast die ganze Nacht über hiergeblieben. Wir haben geredet, ein bisschen getanzt, und dann ... Na ja, wie es hier steht ... Dann haben wir uns ausgezogen ... Es ist mir ein bisschen peinlich, dass Sie es gelesen haben, etwas so Persönliches, so Intimes. Ich nehme an, Sie haben den Brief bei ihr zu Hause gefunden, zwischen ihren Sachen.«

»Nein. Sie hat ihn mir geschrieben.«

»Das kann doch nicht sein! Wie konnte sie dir etwas so Persönliches zu lesen geben! Wir können uns doch duzen, oder?«

Darauf gab ich keine Antwort.

»Das, was sie erzählt, ist also so abgelaufen? Genauso? Es ist keine Übertreibung? Hat sie nicht irgendetwas dazuerfunden?«, wollte ich wissen und kam mir dabei schrecklich indiskret vor.

»Na ja, ... Wie gesagt, dieses elegante Büro ...«, sagte er mit betretenem Lächeln, »und die Pfütze, das stimmt alles nicht. Hier gibt es keinen Sekretär, und wie du siehst, hat dieses Atelier keine Ähnlichkeit mit dem Büro im Brief. Ich weiß nicht, woher sie das hat. Aber alles andere ist mehr oder weniger so abgelaufen, wie es dort steht. Sogar unsere Worte waren dieselben, ich bin richtig überrascht, wie genau sie bestimmte Teile unserer Unterhaltung wiedergegeben hat, so als hätte sie sie aufgezeichnet. Einmal zwischendurch hat diese Lampe im Wind geschaukelt, weil ich die Fenster geöffnet hatte, und ich sagte zu ihr, das sei vielleicht ein Erdbeben, und wir haben uns kaputtgelacht, als sie antwortete, sie lebe in einer Ecke von Santiago, in der die Erde nie bebe. Dieser gemeinsame Abend war unglaublich schön, ich werde ihn nie vergessen. Wir zogen uns aus und legten uns auf diesen Teppich hier und blieben lange so liegen, redeten und streichelten uns. Später kam es mir vor, als sei darüber nur eine Minute vergangen, aber in Wirklichkeit waren es über zwei Stunden. Alles war so sanft, unglaublich sanft, ich weiß nicht, ob du mich verstehst.«

Er schwieg eine Weile. Dann fragte er:

»Wer könnte sie denn ermordet haben? In den Zeitungen steht, die Polizei hätte noch keine konkrete Spur. Wie kann das sein, dass sie nichts in der Hand haben, kein einziges Indiz, keinen Hinweis darauf, wer sie getötet haben könnte? Ehrlich gesagt, verstehe ich das nicht.«

»Ich verstehe es auch nicht«, sagte ich völlig verwirrt. »Entschuldige, wenn ich nochmals nachhake, aber bist du sicher, dass sie dir gegenüber nie etwas über den anderen gesagt hat? Über seinen Beruf, wie alt er war, wo er lebte? Nichts?«

»Das habe ich dir schon gesagt. Ihre Vergangenheit war ihre Vergangenheit. Amalia war alt genug, um vor mir auch andere Männer geliebt zu haben, ich finde das ganz in Ordnung. Darauf war ich nie eifersüchtig. Gespenster sind Gespenster, und wir waren aus Fleisch und Blut. Das allein hat für mich gezählt.«

»Das glaube ich dir. Aber möglicherweise hat dieses Gespenst sie umgebracht«, sagte ich und fand mich unnötig hart. Er blickte zu Boden, und Tränen liefen ihm über das Gesicht.

Als ich wieder auf die Straße trat und er im Türrahmen stand und mir zum Abschied winkte, fragte ich mich, ob die Welt jetzt völlig verrückt geworden war. Ich war wie vor den Kopf geschlagen. Also hatte die von Amalia beschriebene Begegnung gar nicht im Büro von Rementería stattgefunden, und sie hatte sich auch nie mit ihm dort ausgezogen. Regelrechte Panik erfasste mich. Fast ohne zu merken, wohin ich lief, erreichte ich die Avenida Pedro de Valdivia. Ich hatte keine Ahnung, wie viele Häuserblocks ich zurückgelegt hatte. Glaubte man dem Maler, so hatte ich mich geirrt, entsetzlich geirrt. Offenbar hatten meine Wahrnehmungen mich allesamt getäuscht. Mit Amalias Brief als Beweisstück hatte ich einen Richter vom Obersten Gerichtshof beschuldigt und war mit meiner Anklage nicht nur zu ihm, sondern auch noch zur Polizei und zur Presse gegangen. Heilige Muttergottes! Irgendwie musste ich dieses ganze Chaos entwirren. Warum war ich nur so blind gewesen! So redete ich auf mich ein, während ich einen Taxistand suchte, irgendwo musste es hier doch einen geben. Ich hatte das Gefühl, mir würden jeden Moment meine Beine versagen, und war drauf und dran, mich auf den Bordstein zu setzen und loszuheulen. Mein Gott! Womöglich hatten wir es einfach mit einer Serie von Zufällen zu tun. Der Kommissar glaubte das, und auch Rafa und Samuel Cooper. Die Verwirrte, die Blinde, war also ich gewesen. Plötzlich merkte ich, wie sich ein Schleier lüftete und mir meine fixe Idee offenbarte. Alles schien auf einmal sonnenklar. Amalia hatte, sozusagen als Tarnung, dieses Büro, in dem sie nur ein einziges Mal gewesen war, zum Schauplatz einer amourösen Begegnung erkoren, die aber nicht zwischen ihr und dem Richter, sondern mit dem Maler stattgefunden hatte. Endlich fand ich ein Taxi und bat den Fahrer, mich ins Zentrum zu bringen, zu Rafas Büro.

Rafa baute gerade an einem Modell. Als er mich hereinkommen sah, ließ er alles stehen und liegen und bat mich, mit ihm auf dem Sofa Platz zu nehmen. Er schien ausgezeichneter Laune zu sein, so als habe er eine erfreuliche Entdeckung gemacht, von der er mir gleich erzählen musste.

»Mach es dir bequem. Ich habe mir überlegt, wir zwei könnten doch irgendwohin fahren, wo es schön und ruhig ist, wo wir lange Spaziergänge machen und du mal richtig ausspannen kannst.«

Ich muss ihn entgeistert angesehen haben.

»Gefällt dir die Idee nicht? Wir können fahren, wohin du willst, du kannst Zeit und Ort bestimmen. Was sagst du dazu?«

»Ja, Rafa, vielleicht, aber bevor wir irgendeine Reise planen, muss ich dir erzählen, dass ich bei dem Maler war und total verwirrt bin von dem, was er mir gesagt hat. Noch verwirrter als vorher.«

Ich gab unsere Unterhaltung wieder, ohne die geringste Kleinigkeit auszulassen. Mir war ungeheuer wichtig, dass Rafa die Tragweite dessen begriff, was Benjamín Prado mir gesagt hatte. Seitdem ich die Zeitungsartikel über Amalias Tod bei ihm auf dem Zeichentisch gefunden hatte, hatte ich ihn in dieser Geschichte zu meinem Komplizen gemacht. Rafa war jemand, der seine Gefühle völlig anders äußerte als ich, aber ich kannte ihn sehr gut und wusste, dass Amalias Tod ihn ziemlich mitgenommen hatte und er alles unternommen hätte, damit der Mörder gefasst wurde. Rafa besaß einen ausgeprägten Sinn für Gerechtigkeit, er hatte zwar sein Leben lang bewiesen, dass er fähig war, über vieles hinwegzusehen, aber der Gedanke daran, dass ein

Verbrechen, vor allem ein Mord, ungesühnt bleiben könnte, empörte ihn.

Er hörte mir aufmerksam zu, bat mich zwischendurch nur zwei- oder dreimal um eine Erklärung, und als ich fertig war, schwieg er eine Weile, um seine Gedanken zu ordnen.

»Sehr erstaunlich, was du da erzählst. Hast du Amalias Brief dabei? Ich würde ihn gerne noch einmal lesen.«

Ich war ihm dankbar. Ich war ihm wirklich dankbar und spürte nach langer Zeit zum ersten Mal wieder, dass Rafa auf meiner Seite stand, in einer Sache, die mir wirklich wichtig war.

Er las den Brief gewissenhaft durch und bat mich anschließend, ihn ebenfalls noch einmal zu lesen, was ich zum x-ten Mal tat. Ich wusste schon nicht mehr, wie oft ich ihn gelesen hatte, aber ich kann sagen, dass ich ihn beinahe auswendig kannte. Trotzdem wurde mir jetzt noch einiges klar, was ich bis zu meinem Besuch bei dem Maler nicht verstanden hatte.

»Was wir inzwischen wissen, macht die ganze Geschichte natürlich eindeutig komplizierter. Ich muss dir ganz ehrlich sagen, dass ich nicht mehr weiß, was ich denken soll, ich weiß es einfach nicht. Und du?«, fragte mich Rafa, als ich zu Ende gelesen hatte.

»Es ist, als hätte Amalia versucht, beide Männer zu einem einzigen zu verschmelzen. Den jungen, rebellischen Künstler und den reifen, gebildeten und gesetzteren Mann, den modernen, unkonventionellen Maler und die öffentliche Respektsperson. Weißt du, was mir gerade durch den Kopf geht? Ich habe den Eindruck, für Amalia war keiner von beiden so wichtig wie ihre eigene Vorstellung von der Liebe.«

»Könnte sein, dass du recht hast … Aber da ist noch etwas, Teresa. Ich will dich nicht noch mehr verwirren, als du es ohnehin schon bist, aber könnte nicht auch dieser Maler verdächtig sein?«

»Das glaube ich nicht. Warum sollte er sie erschossen haben? Er hatte überhaupt kein Motiv. Wenn das, was er mir gesagt hat, stimmt, hätte er jedenfalls kein Motiv. Und ich glaube ihm. Er hat absolut ehrlich auf mich gewirkt. Der arme Kerl war verzweifelt.«

Daraufhin wechselte Rafa das Thema und verkündete, er habe eine kleine Überraschung für mich. Er ging zu einer Nische im hinteren Teil des Büros, in der eine Kaffeemaschine, ein kleiner Herd und ein Kühlschrank standen, und kehrte mit zwei Gläsern und einer Flasche Weißwein zurück.

»Seit wann gibt es Wein in diesem Büro?«, fragte ich überrascht. Alle Beklemmung, die ich bis zu diesem Moment verspürt hatte, schien sich in Sekundenschnelle zu verflüchtigen.

»Seit heute Morgen«, antwortete er. »Ich habe mir gedacht, dass du nach deinem Besuch bei dem Maler hier vorbeikommen würdest. Ich finde, wir sollten für einen Moment Amalias Tod und ihre Liebschaften beiseitelassen und deinen Besuch nutzen, um ein bisschen miteinander zu reden.«

»Versuchst du, mich zu verführen?«

»Noch nicht«, lachte er. »Ich möchte nur gerne mit dir reden. Ich habe mir große Sorgen gemacht, weißt du? Seitdem du mir Amalias Brief gezeigt hast, musste ich immerzu daran denken … Ich weiß nicht, wie ich es sagen soll, ohne dass es lächerlich klingt, aber wenn ich ehrlich bin, hat mir dieser Brief furchtbare Angst gemacht.«

»Angst? Wovor, Rafa?«

»Dich zu verlieren … Nein, nicht dich zu verlieren, sondern Angst, dass ich dich vielleicht schon verloren habe. In meinem Kopf liefen die verschiedensten Filme ab. Wenn sie ihr einen solchen Brief schreibt über eine so leidenschaftliche Begegnung, wäre es da nicht möglich, dass Teresa ihr vorher erzählt hat, sie habe selbst eine Affäre? Könnte es nicht sein, dass die beiden darüber gesprochen haben, was in unserer Ehe schiefläuft? Könnte Amalia mit ihrem Brief Teresa nicht zu verstehen gegeben haben, dass es da draußen noch eine andere Welt gibt, eine andere Sorte Liebhaber, andere Möglichkeiten für eine Frau wie sie?«

Ich hörte ihm zu und wollte einfach nur, dass er weitersprach. Dass er alles herausließ, dass alles ausgebreitet vor uns lag. Und genau das tat er. Er durchlebte eine Art Katharsis, und als ich an der Reihe war, versuchte auch ich, so ehrlich wie möglich zu sein. Ich erzählte ihm, wie einsam ich mich manchmal fühlte, wie sehr ich mir manchmal die Zeiten zurückwünschte, in denen wir einander vermisst hatten, ich sprach von meiner eigenen Angst davor, dass wir einander vielleicht schon verloren hätten. Wir tranken anderthalb Flaschen Wein und redeten bis spät in den Abend hinein, und es tat uns beiden gut, uns gründlich auszusprechen. Unsere Ehe war müde und ausgelaugt, aber wir wussten beide, dass wir uns immer noch liebten.

Vielleicht würde dieser Tag uns einen Neubeginn bescheren. Von jetzt an würden Rafa und ich unsere Beziehung bewusster leben, und vielleicht würde es uns gelingen, noch einmal den Zauber der Anfangszeit zurückzuholen. Falls wir uns aber irgendwann trennen sollten, dann wenigstens mit dem beruhigenden Gefühl, alles getan zu haben, und dass es allein deshalb geschah, weil es so das Richtige war.

DER RICHTER

Mit Ausnahme des schwachen Lichtscheins in einem der Fenster auf der ersten Etage war alles dunkel. Im Hof mit dem Feigenbaum hatte das Geräusch die Kanarienvögel aus ihrem leichten Schlaf aufgeschreckt, zwei von ihnen hoben den Kopf, ihre Äugelchen sprangen wie kleine Kugeln hin und her, und im nächsten Augenblick schliefen sie wieder ein.

In der Küche roch es weder nach Essensspuren noch nach feuchten Scheuerlappen wie in vielen alten Küchen. Schon vor langer Zeit war sie zu einer Art Einsiedlerklause geworden, in der nur noch die Stimmen, das Lachen und die Geräusche der Vergangenheit lebten. Bevor Rita starb, war diese Küche ein Ort gewesen, an dem ständig Hochbetrieb herrschte, an dem man den Rhythmus der Jahreszeiten fühlen, die warmen Augenblicke des Lebens genießen konnte.

Der Vorratsraum hatte vier Fenster, die auf den Hof mit dem Feigenbaum hinausgingen. Zwei von ihnen standen offen, und durch sie war vermutlich das unbekannte, trockene Geräusch gedrungen, das die Kanarienvögel für einen Augenblick aus dem Schlaf gerissen hatte.

An einer der Wände hingen die Porträts von Juan Manuels Urgroßeltern. Das eine Gemälde zeigte einen Herrn mit einem Monokel im linken Auge, der Juan Manuel sehr ähnlich sah, das andere eine hübsche Frau, die der Maler vermutlich beim Verlassen des Bades verewigt hatte, das Haar kokett zu einem unordentlichen Knoten geschlungen, wie eine Rodin-Büste. Ein Handtuch verhüllte ihren Oberkörper bis über die Brust und ließ die Schultern frei. Mit großen violetten Augen blickte sie in die Unendlichkeit, und das Karminrot ihrer Lippen leuchtete in der nächtlichen Dunkelheit. Das Frauenporträt hing ein wenig schief nach links, während das des Urgroßvaters gerade hing.

Die Treppe, die in den ersten Stock hinaufführte, war nie ein verlassener oder stiller Ort gewesen. Auch in dieser Nacht war sie es nicht. Als Juan Manuels Mutter das Anwesen kaufte, hatte man sie gewarnt, der Preis sei nur deshalb so niedrig, weil es in diesem Haus spuke. Deswegen war Don Gonzalo strikt gegen den Kauf gewesen. Um 1910 hatten in dem Haus drei Schwestern gelebt, drei esoterische Damen, die französisch sprachen und ihre Nachmittage damit verbrachten, an einem dreibeinigen Tisch spiritistische Sitzungen abzuhalten. Die Geister, die jahrelang von ihnen herbeigerufen worden waren, hatten sich schließlich im Haus niedergelassen, vor allem im Bereich der Treppe. Aufgeregt liefen sie treppauf, treppab, als herrsche im ganzen Haus Hochbetrieb wie bei einem Ball. Aber in dieser

Nacht, nachdem das Geräusch durchs Haus geklungen war, und auch noch lange Zeit danach, regten sie sich nicht, und auf der Treppe wurde es so still, dass jeder, der hinauf- oder hinuntergegangen wäre, gesagt hätte, hier sei niemand.

Am Fuß der Treppe lag ein Korridor, der zu Juan Manuels Arbeitszimmer führte. Aus diesem Zimmer drang der schwache Lichtschein. Noch acht Stunden später, als Rosa den Raum betrat und das Lämpchen ausknipste, war dort Juan Manuels Gegenwart zu spüren. Es war der gemütlichste Raum im ganzen Haus und der einzige, der nicht mit Möbeln vollgestopft war. Juan Manuel lebte praktisch nur in diesem Raum. Hier standen seine Bücher, der Korbsessel aus dem Arbeitszimmer seines Vaters, der Tisch aus Roteiche, den Don Gonzalo aus seinem Haus in Coquimbo mitgebracht hatte, ein hübsches, mit mattem Atlas bezogenes Sofa, das er zusammen mit Amalia in einem Möbelhaus im Zentrum gekauft hatte, und seine Käfersammlung.

Auf dem Tisch lagen die sieben Bände von Marcel Proust, die er nie ins Regal stellte. Im vergangenen Monat hatte er wieder begonnen, in den Seiten der »Wiedergefundenen Zeit« zu blättern und in den Kindheitsjahren in Combray – diesen Band aus Swanns Leben hatte Amalia am liebsten gemocht. Neben einer Stehlampe stand der Sessel mit der hohen Rückenlehne, in den er sich gerne zum Lesen setzte. Das Kissen war vom Gewicht seines Körpers eingedrückt, und als Rosa den Raum betrat, klopfte sie es mit einer fast automatischen Geste wieder zurecht.

Juan Manuel hatte mehrere Stunden in diesem Zimmer verbracht, versunken in einen Zustand, der dem Tod sehr nahe kam, einer Art Vortod, in den er, fast ohne es zu merken, hinüberglitt, während er mit kurzen, widerwilligen Schlucken eine Flasche Wodka leerte wie jemand, der eine bittere Arznei zu sich nimmt. Er stellte sich das Sterben vor als einen einsamen Akt, einen Akt der Mutlosigkeit und der ausweglosen, zukunftslosen Verlassenheit, von dem die Natur als Zeuge auszuschließen war. Er dachte, die Zeit vor einem Selbstmord müsse immer so sein, eine langsam verstreichende, sinnlose Zeit, gleichsam banal und langweilig, eine Zeit, in der man zur Decke schaut oder eine Fliege anstarrt, ohne sie zu sehen, ein Warten darauf, dass nichts kommt, nicht einmal das Sterben, denn der Selbstmörder ist gewissermaßen schon tot. Er dachte an einen Traum, den er einige Nächte zuvor gehabt hatte. Er stand auf einem der Flure des Gerichtsgebäudes und sprach mit dem jungen Anwalt, mit dem er sich häufig unterhielt. Sie plauderten über alles Mögliche, und plötzlich fragte er den jungen Mann: »Stellen Sie sich vor, Sie wären zu Hause in Ihrem Arbeitszimmer und hätten beschlossen, Selbstmord zu begehen, was würden Sie dann als Letztes tun?« Der Anwalt hatte mit seiner Antwort nicht gezögert, sich gar nicht erst die Zeit zum Nachdenken genommen, so als hätte er sich diese Frage selbst schon oft gestellt. »Ich würde meine Papiere ordnen und meinen Schreibtisch endlich so tadellos aufräumen, wie ich es mein Leben lang nie geschafft habe, Don Juan Manuel, sonst nichts, dann würde ich mich betrinken, um zu vergessen, was ich in Kürze tun würde. Aber meine Antwort nützt Ihnen natürlich nichts, Herr

Richter, da es die Antwort eines Menschen ist, der leben will.« Er wollte nicht leben, und das Letzte, was er getan hätte, wäre, sein Arbeitszimmer aufzuräumen. Er dachte, dass es noch trauriger wäre, unter freiem Himmel zu sterben, der Möglichkeit beraubt, sich zurückzuziehen und in sich selbst zu verkriechen, sich vor dem Tod zu verstecken. Mit seinen letzten Gedanken allein zu sein. Er dachte darüber nach, dass er Amalia bestraft hatte, indem er ihr nicht nur das Leben genommen hatte, sondern auch das Recht, sich vor dem Verlassen der Welt noch ein letztes Mal selbst zu betrachten, um anschließend mit geschlossenen oder offenen Augen, ganz wie sie es wollte, in den Tod zu gehen. Und er dachte an seinen eigenen, näher rückenden Tod wie an einen Akt der Sühne.

Amalia …

Wie hatte er sich an jenem Dienstagmorgen gefühlt, bevor er zum Golfclub aufgebrochen war? Was war ihm durch den Kopf gegangen? Und wie hatte er abdrücken können, wohl wissend, was danach kam? Oder hatte er es nicht gewusst? Hatte er sich nie gesagt: Du wirst schießen, und das bedeutet, dass sie sterben wird? Angestrengt suchte er in seinem Innern nach einer Antwort, nach irgendeiner Erklärung, etwas, das ihm helfen könnte, den Scherbenhaufen, in den sich sein Leben verwandelt hatte, neu zu ordnen. Doch die einzige Antwort, die er fand, war die unumstößliche Gewissheit, dass er sich danach selbst umbringen würde. Er hatte es an jenem Morgen gewusst, vor halb acht, als er seinen Wagen aus der Garage holte. Er hatte es gewusst, als er in der Calle Luz parkte. Er wusste es, als er im Schatten der erwachenden Bäume zu Loch achtzehn ging. Er wusste es, als er sah, wie sie die Zentimeter maß, die das Loch von der kleinen weißen Kugel trennten. Und er hatte es mit brennender Gewissheit gewusst, als er ihr Blut auf dem frisch gemähten Rasen glänzen sah. Sogar schon vorher, auf einer anderen Ebene seines Bewusstseins, an jenem Tag im Restaurant an der Alameda, als Amalie ihm gesagt hatte, sie habe sich in einen Maler verliebt. Schon damals hatte er den dunklen Gang mit den engen Wänden und der niedrigen Decke betreten, der ihn geradewegs zu diesem Moment geführt hatte. Er spürte, wie eine merkwürdige Klarheit von seinem Denken Besitz ergriff, und er ließ seinen Geist schweifen, wohin er wollte, ließ ihn die dunklen Winkel seines Gedächtnisses erleuchten, in denen sich der Schmerz gesammelt hatte, ließ die Bilder und Stimmen der Vergangenheit wieder auferstehen. Vielleicht würde er es wagen, Welten zu betreten, die er vor langer Zeit zu vergraben beschlossen hatte. Er wollte sich an das Gute und an das Schlechte erinnern, nur um des Erinnerns willen, um noch einmal jene wundervolle Gabe des Menschen zu nutzen, die der Tod ihm als Erstes entreißen würde. Er nahm Verbindung mit dem marmornen Gesicht seines Vaters auf im Zimmer mit dem kaffeebraunen Sofa, mit seinem schwarzen, beinahe bläulichen Bart, den zusammengekniffenen Lippen, seinen Augen, die auf den Kristallleuchter an der Decke gerichtet waren, der in der Abendbrise hin und her schaukelte. Er erinnerte sich an einen Augenblick nächtlicher Angst, in dem er Stimmen gehört hatte, die keine Stimmen waren, und hastiges, von höllischem Geschrei begleitetes Getrappel, ohne zu wissen, dass es die Katzen waren, die im Zimmer der toten

Babys hausten und sich kreischend um die Mäuse stritten. Er sah seine Mutter entrückt am Grab ihres Mannes stehen, blass, groß und allein, so als warte sie auf einen Zug. Dann sah er sie noch einmal, mit einem kindlichen, etwas dümmlichen Lächeln im Gesicht. Ich werde Don Gonzalo heiraten, sagte sie, und sie lachte ihr abgehacktes, irres Lachen, vor dem er sich immer gefürchtet hatte. Er erinnerte sich an seine langen Spaziergänge durch den Parque Forestal, an seine Lektüren, und plötzlich erschien ihm sein Leben wie eine einsame Wanderung abseits vom Rest der Welt, unglaublich arm an Zuneigung. Da gab es nur ihn und seine aus Büchern erworbene Bildung, den Büchern, die er seit seiner Kindheit verschlungen hatte. Sein Leben war ein hauchzarter, gläserner Durchgang, der in Kürze zerbrechen würde, geschmückt mit überraschendem beruflichem Erfolg, unerklärlich für ihn, der das Wort Erfolg immer mit der Außenwelt verbunden hatte, mit den anderen, mit der Fähigkeit, Beziehungen zu knüpfen, aufzusteigen und dabei jeden, der sich diesem Aufstieg in den Weg stellte, zu zertreten. Zwischen seinem Innenleben und seinem äußeren Leben hatte sich keine Verbindung erkennen lassen … bis Amalia auftauchte.

Er trank den Wodka leer und verspürte den Nachhall eines inneren Bebens, einer geheimen inneren Stimme, die ihn rief. Mit einem Spitzentaschentuch, das Amalia einmal auf seinem Schreibtisch vergessen hatte, wischte er sich den Schweiß von der Stirn. Dann stand er auf und verließ den Raum mit den müden, schwerfälligen Bewegungen eines Betrunkenen.

Juan Manuels Schlafzimmer, der große Raum, in dem

die Familie früher gegessen hatte, lag im Dunkeln. An einer der Wände ragte wie ein Zyklop, der fast bis an die Decke reichte, ein Mahagonischrank mit vier Spiegeltüren empor, der an keiner anderen Stelle im Haus einen Platz gefunden hatte. An derselben Wand stand die alte Kommode seiner Mutter, und auf der Kommode, zwischen den japanischen Vasen, das Foto von ihr und Don Gonzalo. Die übrigen Möbel, ein spanischer Schemel, ein Schaukelstuhl, in einer Ecke ein Hocker mit aufgetrenntem Lederbezug und zwei Schachtischchen, verliehen dem Raum das Aussehen einer Abstellkammer. Die Luft war verbraucht. Alle Fenster waren geschlossen und die Vorhänge zugezogen. Die Lichter blieben gelöscht. Juan Manuel tastete sich vorwärts. Hätte ihn jemand gesehen, er hätte ihn für einen Schlafwandler gehalten oder für jemanden, der nicht weiß, was er tut. Er legte sich auf das Messingbett und fasste in die Schublade seines Nachttisches.

Der Knall hallte durch das Haus, dann kehrte wieder Stille ein.

DER JOURNALIST

Gegen acht Uhr morgens riss mich das schrille Klingeln des Telefons aus einem unangenehmen, wirren Traum. Ich streckte die Hand nach dem Hörer aus, und am anderen Ende der Leitung hörte ich Franciscos Stimme, so als sei er meinem Traum entsprungen. Dass Francisco plötzlich zu meinem Feind geworden war und seine Stimme zu dieser frühen Stunde eher eine Bedrohung als eine angenehme Überraschung für mich bedeutete, war unfassbar.

»Mach mal das Radio an.«

»Was ist los?«

»Mach doch mal das Radio an. Rementería, der Richter, lag heute Morgen tot in seinem Haus. Anscheinend hat er Selbstmord begangen.«

Mit einem Schlag war ich zurück in der Wirklichkeit.

»Was? Wann?«

»Mach einfach das Radio an! Ich habe es gerade gehört. Aber dreh nicht gleich durch. Und ruf mich zurück. Versprichst du's?«

Ich vernahm die übliche ruhige, gelassene Stimme meiner Freundin Carmen Cáceres. *Heute Nacht gegen halb zwölf starb Juan Manuel Rementería. Den Erklärungen des Richters Vicente Matta zufolge, der ein enger Freund des Toten war, soll der angesehene Richter unter schweren Depressionen gelitten haben. Er wird morgen im Beisein des Präsidenten der Republik auf dem Cementerio General bestattet.*

Ich rief Francisco zurück.

»Woher weißt du, dass er sich umgebracht hat? Ich habe gerade Carmen Cáceres gehört, sie hat nichts von Selbstmord gesagt.«

»Na ja, das sagen sie natürlich nicht einfach so, aus Rücksicht auf die Familie des Richters, aber wenn es heißt, er habe an schweren Depressionen gelitten, bedeutet es das.«

Ich legte auf, ohne mich von ihm zu verabschieden, und sprang aus dem Bett. Ich weiß nicht, wie viele Sekunden ich brauchte, um mich anzuziehen, aber viele waren es nicht. Ich wusste, wo das Haus des Richters lag, denn nach unserem ersten Gespräch hatte ich den Drang verspürt, mehr über ihn herauszufinden, und hatte ihm nachspioniert. Ich war mindestens dreimal zu seinem Haus gefahren und hatte es von dem gegenüberliegenden Bürgersteig aus belauert, ohne wirklich etwas herauszubekommen. Jedes Mal stellte ich den Wagen am Ende des Häuserblocks ab und ging zu Fuß bis zu seinem Haus. Einmal fuhr ich erst spät hin, nach der Arbeit, um zu beobachten, wie er nach Hause kam. Ich wollte mich vergewissern, dass er tatsächlich dort wohnte, und möglichst auch herausbekommen, mit wem. Aber ich sah nie irgendjemanden hineingehen oder herauskommen. Das Haus wirkte unbewohnt, doch das war es nicht, denn manchmal standen alle Fenster sperrangelweit offen. Es lag am Ende der Calle Miguel Claro, ein wuchtiger, rechteckiger Kasten, ein ziemlich hässliches Herrenhaus ohne Stil, auf das die Immobilienmakler sich jetzt wie die Geier stürzen würden. Unglaublich eigentlich, dass man es nicht schon vor geraumer Zeit abgerissen und auf dem riesigen, fast einen Häuserblock großen Grundstück ein mehrstöckiges Wohnhaus errichtet hatte. Es war alt und passte nicht in die Umgebung, aber es wirkte gepflegt, und man merkte, dass es von wohlhabenden Leuten bewohnt wurde.

Da der morgendliche Berufsverkehr gerade erst einsetzte und die Straßen noch nicht sehr verstopft waren, dauerte es nicht lange, bis ich sein Haus erreichte. Die Straße war abgeriegelt und der Hauseingang mit vier gelben Barrieren versperrt, zwei zu jeder Seite. Der Polizeibeamte ließ mich durch, als ich log, Inspektor González erwarte mich, ich hätte soeben mit ihm telefoniert. Ich wusste, dass González dort sein würde.

»Der Staatsanwalt war noch nicht da, um die Leiche abzuholen«, sagte der Beamte, während er die Sperren auseinanderschob, um mich durchzulassen. »Gehen Sie in die Küche, dort sind sie alle.«

Inspektor González und Rogelio Fuenzalida saßen auf zwei Basthockern in der Küche, die aussah wie ein Fußballfeld. Sie redeten beschwichtigend auf eine Frau um die sechzig ein. Es war Rosa, die alte Haushaltshilfe, die jeden Morgen kam. Sie wirkte benommen und hatte geschwollene Augen vom Weinen. Beide Männer versuchten, sie zu beruhigen, Fuenzalida hatte ihr eine Hand auf die Schulter gelegt, und der Inspektor hielt ein Glas Wasser bereit, während sie mühevoll schluckte.

»Wir haben ihr ein Beruhigungsmittel gegeben«, flüsterte mir Fuenzalida ins Ohr.

»Ich weiß nicht, wie, Señor, … Ich weiß nicht, wie etwas so Furchtbares passieren konnte … Wieso hat er das nur getan … Ich verstehe es nicht, Señor«, stammelte Rosa und wiederholte die Geschichte, die sie ihnen seit ihrem Eintreffen vermutlich schon mehrfach erzählt hatte. »Heute früh habe ich die Tür aufgeschlossen und bin ins Haus gegangen, wie jeden Tag. Als ich sein Arbeitszimmer betrat, fiel mir jedoch auf, dass das Licht brannte. Don Juan Manuel hat nämlich immer sehr darauf geachtet, dass alle Lichter ausgeschaltet waren. Und, wissen Sie, noch bevor ich das Haus betrat, beim Öffnen der Haustür, hatte ich so ein komisches Gefühl. Schon dort sah ich den Lichtschein, so etwas hatte es noch nie gegeben, nie. Ich schaute in seinem Schlafzimmer nach, aber anfangs konnte ich nichts sehen, weil alle Vorhänge zugezogen waren. Ich habe ihn leise gerufen, Don Juan Manuel, Don Juan Manuel, habe ich zu ihm gesagt, es ist gleich halb sieben, wissen Sie, er stand doch immer gerne früh auf. Er war ein richtiger Frühaufsteher. Don Juan Manuel, habe ich noch einmal gesagt, es ist gleich halb sieben, aber ich habe nichts gehört, er hat kein Wort von sich gegeben, und da habe ich Licht gemacht. Oh Gott, gütiger Gott im Himmel … Wie er da lag … Ich weiß nicht, was gestern los war mit ihm, dass er so etwas Furchtbares getan hat. Möge der Herrgott ihm verzeihen, mögen der Herrgott und die Jungfrau Maria ihm verzeihen!«

Sie begann wieder, erstickt zu schluchzen. Fuenzalida stand auf und holte ihr ein frisches Glas Wasser. Ich schaute mich um und staunte über die Größe der Küche und ihre blendende Sauberkeit. Alles wirkte unberührt und so makellos, als sei dies die Küche einer modernen Luxusvilla und nicht die eines in der Zeit stehengebliebenen Herrenhauses. Die schwarzen Bodenfliesen glänzten, ebenso die Möbel, und an zwei weißen Haken hingen mehrere strahlend weiße Küchentücher. Es sah aus, als hätte hier nie jemand gekocht oder gegessen.

»Wir warten auf den Staatsanwalt, um die Leiche bergen zu können«, sagte Fuenzalida. »Er hat sich in einem der Räume im Erdgeschoss umgebracht. Wir haben ihn nicht angerührt.« Er senkte ein wenig seine Stimme. »Wir möchten Sie bitten, vorsichtig zu sein bei der Formulierung der Nachricht. Sie wissen ja, wie das ist bei Selbstmord. Es ist immer schmerzlich für die, die den Betreffenden persönlich gekannt haben. Außerdem werden wir Ermittlungen einleiten, und da ist es nie gut, öffentlich Mutmaßungen anzustellen, noch bevor die Todesursache einwandfrei feststeht.«

»Glauben Sie denn, er könnte ermordet worden sein?«

»Nein, eigentlich nicht, aber Sie werden verstehen, dass wir bei einer so bedeutenden Persönlichkeit in jedem Fall Ermittlungen einleiten müssen.«

»Und wie bedeutend! Der Präsident persönlich hat sein Kommen angekündigt«, schaltete sich Inspektor González ein.

»Ja, er muss jeden Moment auftauchen, vielleicht will er mit eigenen Augen sehen, was vorgefallen ist. Soweit ich weiß, waren die beiden befreundet.«

»Der Präsident?«, fragte Rosa, als erwache sie aus einem Traum. »Oh, mein Gott!«, jammerte sie und schnäuzte sich die Nase.

»Kommen Sie mit mir«, bat mich Fuenzalida und erhob sich.

Wir liefen durch einen langen, dunklen Gang und betraten das Arbeitszimmer des Richters. Ich blickte mich suchend um, und Fuenzalida erklärte mir, der Richter liege im Nebenzimmer. Dann sagte er:

»Ich wollte kurz mit Ihnen alleine sprechen, um Ihnen zu sagen, dass ich Inspektor González nichts von Teresa Lagos' Besuch bei mir gesagt habe.«

Fuenzalida hatte mich in der Zeitung angerufen, um mir mitzuteilen, dass Teresa Lagos bei ihm gewesen sei und den Verdacht geäußert habe, der Richter sei der Liebhaber ihrer Freundin gewesen. Sie habe ihm einen Brief von Amalia Griffin gezeigt. Ich sagte, ich wisse Bescheid, Teresa Lagos sei auch bei der Zeitung vorbeigekommen. Fuenzalida war der Ansicht, Amalias Geschichte in diesem Brief sei rundweg erfunden. Teresa habe ihn gebeten, Amalias Ehemann nichts davon zu erzählen, was er ihr gerne zugesagt habe.

»Und warum haben Sie González nichts gesagt?«, fragte ich. Fuenzalida musterte mich besorgt. Ich sah, wie sich in seinen braunen Augen ein dunkler Spalt auftat.

»Ich habe bei dieser Geschichte ein eigenartiges Gefühl, ich weiß nicht, so als ginge es dabei um etwas anderes, um etwas, was ich gar nicht richtig beschreiben kann, eine Art Hirngespinst.«

»Ja, und es ihm jetzt zu sagen wäre ganz verfehlt. Ich selbst habe in der Redaktion kein Wort darüber verloren, weil ich genau wie Sie der Ansicht war, dass Teresa Lagos sich irrt, weil sie angesichts der schmerzlichen Ereignisse von dem Wunsch besessen ist, den Mörder ihrer Freundin zu finden, und sich einfach nicht vorstellen kann, mit dieser Ungewissheit zu leben. Deshalb glaube ich auch nicht, dass der Tod des Richters irgendetwas mit dem von Amalia Griffin zu tun hat«, hörte ich mich sagen.

»Vicente Matta hat vorhin berichtet, dass der Richter in einer depressiven Phase steckte und dass es in seiner Familie bereits ähnliche Fälle gegeben hat, auch sein Vater und sein Großvater litten an Depressionen. Ein familiäres Erbe, das sicher stärker auf ihm lastete, als ihm lieb war. Höchstwahrscheinlich hängt sein Tod mit dieser Krankheit zusammen«, sagte Fuenzalida.

»Sieht ganz so aus. Aber um auf das zurückzukommen, worüber wir eben gesprochen haben: Ich für meinen Teil werde versuchen, die Bedeutung von Teresa Lagos' Besuch nicht allzu hoch zu bewerten. Und Sie? Was gedenken Sie zu tun?«

»Na ja, manchmal ist es vielleicht besser, die Wahrheit zu verschweigen, als Halbwahrheiten zu verbreiten.«

»Ganz genau. Was für einen Sinn hätte es jetzt, gegen den Richter zu ermitteln, zumal für die Hinterbliebenen?«

Fuenzalida warf mir einen ernsten Blick zu.

»Seien Sie unbesorgt«, sagte ich und versetzte ihm einen freundschaftlichen Klaps auf die Schulter. »Viel können wir ohnehin nicht mehr tun. Ich werde mit niemandem darüber sprechen.«

»Mich nimmt das alles ziemlich mit«, murmelte er mit

gesenktem Blick, dann führte er mich in den Raum, in dem der Richter lag.

Sein Anblick traf mich wie ein Schlag. Dort lag er auf dem Rücken, auf einem alten Bronzebett, den Kopf sonderbar in Richtung Wand verrenkt, so als wäre sein Hals gebrochen. Der rechte Arm hing aus dem Bett und berührte beinahe den Boden. Ich wollte nicht näher herangehen. Ich wandte den Blick von der Leiche ab und schaute mich im Zimmer um. Der Raum war mit Möbeln vollgestellt und wirkte nicht so makellos sauber wie die Küche. Auf der Kommode entdeckte ich ein Foto, auf dem eine Frau mit langem, schmalem Gesicht und kleinen Mäuseaugen zu sehen war, nicht unbedingt hübsch, eher zart, neben einem Mann, der viel älter aussah als sie. Er trug eine runde Brille und einen graumelierten Schnurrbart, voll und breit wie der eines Mexikaners. Aufmerksam ließ ich meinen Blick über Borde, Tischchen und die übrigen Möbelstücke wandern, auf der Suche nach einem Foto von Amalia Griffin. Wenn sie ein Verhältnis gehabt hatten und der Richter Junggeselle war, wäre es nicht weiter verwunderlich gewesen, wenn in seinem Schlafzimmer ein Bild von ihr gestanden hätte.

Doch es gab nur dieses eine gelbstichige Foto von dem Paar. Ich warf noch einmal einen raschen Blick auf den Körper des Richters in seiner endgültigen Verlassenheit, dann ging ich hinaus auf den Flur, da mir schlecht geworden war. Fuenzalida folgte mir, und wortlos kehrten wir in die Küche zurück.

Soeben war der Präsident eingetroffen und sprach mit Rosa. Neben den beiden standen der Innenminister und zwei Männer, die ich nicht kannte. Ich hatte den Präsidenten ein paar Mal interviewt, vor und nach seiner Amtseinführung. Als er mich sah, begrüßte er mich freundlich und schüttelte mir die Hand.

»Ich freue mich, Sie hier zu sehen, Señor Cooper. Ich wollte Sie gerade bei der Zeitung anrufen und Sie um einen großen Gefallen bitten. Ich weiß, dass die Nachricht bereits über fast alle Radiosender verbreitet wurde, aber könnten Sie sie in *El Tiempo* nicht ein wenig abschwächen?«

»Was meinen Sie mit abschwächen, Herr Präsident?«

»Alle sensationslüsternen Details weglassen. Zum Beispiel Spekulationen darüber vermeiden, warum er diese Entscheidung getroffen hat, nicht leugnen, aber auch nicht explizit bestätigen, dass es ein Selbstmord war. Bei einem Ereignis, das für so viele Menschen so traurig ist, besteht kein Grund, unnötig ins Detail zu gehen. Juan Manuel war depressiv, er litt immer wieder phasenweise unter starken Depressionen, aber das muss man nicht an die große Glocke hängen. Der Richter war mit einem für die Regierung sehr heiklen Fall befasst, und es wäre verheerend, wenn sich die Berichterstattung über die Ursachen seines Todes in übler Weise mit diesem Fall verquicken würde. Das meine ich.«

»Das dürfte kein Problem sein, Señor. Seien Sie unbesorgt, ich kümmere mich darum«, sagte ich und warf Fuenzalida einen vielsagenden Blick zu, den er mit einem kaum merklichen Nicken erwiderte.

Plötzlich war ich derjenige, der alle beruhigte.

Eine Stunde später verließ ich das Haus des Richters und fuhr zur Zeitung, fest entschlossen, sämtliche mit seinem Tod verbundenen Schauermeldungen abzufangen. Wie erwartet, stieß ich auf den Widerstand meines jungen Kollegen.

»Haben Sie vor, eine so wichtige Sache unter den Teppich zu kehren, nur weil der Tote ein Freund des Präsidenten war?«

»Ganz genau«, entgegnete ich, wütend über mich selbst, den Präsidenten und diese Nervensäge.

»Und wo bleibt die Pressefreiheit?«

»Sei nicht so naiv, Kleiner«, mischte sich Alicia ein. »Bei dieser Zeitung wurden Unabhängigkeit und Pressefreiheit noch nie respektiert. Es mag dir zwar so vorkommen, als wären wir es, die bestimmen, was geschrieben wird, aber was in *El Tiempo* steht, war schon immer Sache des Innenministeriums und der Regierung.«

Ich wusste, dass Alicia zum Teil recht hatte. Aber ich wusste auch, dass es in diesem Fall nicht nur darum ging, den Wünschen des Präsidenten nachzugeben. Es ging um etwas viel Wesentlicheres. Es ging darum, die Würde eines Menschen zu schützen, der sich, sollte ich mich nicht irren, letztendlich getreu seinen eigenen Normen selbst gerichtet hatte.

Genau das sagte ich auch zu Francisco, als ich ihn gegen zwölf Uhr mittags anrief. Außerdem erklärte ich ihm, der Selbstmord des Richters habe etwas in mir in Gang gebracht. Ich sähe ihn als eine Form, Verantwortung zu übernehmen, und nicht als Akt der Verzweiflung. Er habe auf seine Weise Gerechtigkeit walten lassen und sich befreit.

»Auch ich muss mich befreien, und in meinem Fall heißt das, die Wahrheit sagen. Ohne es zu wissen, hat der

Richter mir geholfen zu akzeptieren, wer ich bin, und Verantwortung für meine Taten zu übernehmen. Glücklich werde ich nie sein, das will ich dir von vornherein sagen, weil ich weiß, was ich meinen Töchtern und Dolores damit antue, aber zumindest werde ich mir selbst gegenüber ehrlich sein.«

Francsico hörte mir schweigend zu.

»Und danke, dass du mich heute Morgen angerufen hast, Pancho, aber lass uns jetzt erst mal Schluss machen, das ist jetzt weder der Ort noch der richtige Moment, um weiter zu reden.«

Nachdem ich aufgelegt hatte, verfasste ich eigenhändig in acht kurzen, knappen Sätzen die Nachricht vom Tod des Richters. Dann war es für den Rest des Tages mit meiner Konzentration vorbei.

Als ich um kurz vor acht nach Hause kam, kochte Dolores gerade das Abendessen. Meine Töchter machten bei einer Freundin Schulaufgaben, Carla hatte Bescheid gesagt, dass sie auch dort übernachten würde. Diamela würde später nach Hause gebracht werden.

Es war ein ruhiger Abend. Eine Zeit lang sah ich Dolores dabei zu, wie sie in einem Topf rührte, und auf einmal, fast ohne nachzudenken, wagte ich den Sprung ins kalte Wasser.

»Ich muss mit dir reden, Dolores.«

»Über den Tod des Richters?«, fragte Dolores, während sie den Inhalt einer Tomatendose in den Topf kippte.

»Nein. Über mich.«

»Was ist los?«, fragte sie, und in ihrem Blick flackerte Besorgnis auf.

Im Lauf meines Lebens hat die Angst vor einem Augenblick wie diesem mich oft mitten in der Nacht aus dem Schlaf geweckt. Dann habe ich das Licht eingeschaltet, und seltsamerweise hat der Anblick der schlafenden Dolores neben mir mich stets beruhigt. Ich erinnere mich, wie ich einmal aus einem beklemmenden Albtraum erwachte und in dem Augenblick, als ich die Augen öffnete, beschloss, ihr meine Homosexualität zu gestehen und endlich Schluss zu machen mit der Lügerei. Ich werde es ihr sagen, dachte ich und verspürte einen ähnlichen Impuls wie jetzt. Ich schaltete das Licht ein, aber Dolores lag nicht in ihrem Bett. Ich rief laut nach ihr, und sie antwortete mir aus dem Erdgeschoss. »Ich arbeite, Samuel, was ist denn?« Daraufhin schlief ich wieder ein.

In einer anderen Nacht stieß genau in dem Moment, als ich Dolores im Traum meine Neigung beichtete, ein Windstoß das Fenster auf und ließ mich hochfahren. Als ich aufstand, um das Fenster zu schließen, sah ich, dass Dolores neben mir im Bett lag und las, mit einer dieser kleinen Leselampen, die man an den Buchdeckel klemmt. Sie war so in ihre Lektüre vertieft, dass ich nicht den Mut hatte, sie zu unterbrechen, um sie mit meinem Traum zu konfrontieren und allem, was sich daraus vielleicht ergeben hätte. »Du warst ja wach«, sagte ich. »Ja. Mach das Fenster nicht zu. Die kühle Luft ist herrlich«, antwortete sie und kehrte zurück zu ihrem Buch, während ich unter die Bettdecke kroch.

Es waren immer Kleinigkeiten, ein Wort, eine Geste, ein unerwarteter Umstand, die den gefürchteten Augenblick verscheuchten. Aber jetzt war er da.

Dolores sah mich fragend an.

»Was ist los?«

»Ich muss mit dir über etwas sprechen, was ich nicht mehr länger verbergen kann.«

Furcht huschte über ihr Gesicht wie ein dunkler Schatten.

»Bist du krank?«

»Nein, das nicht. Damit hat es nichts zu tun. Ich hätte es dir schon vor vielen Jahren sagen sollen. Aber ich habe mich nicht getraut. Und eigentlich ist das auch meine einzige Erklärung: Ich habe mich nicht getraut.«

Ich wusste nicht, wie ich mit meiner Beichte anfangen, wie ich sie fortsetzen und wie ich sie beenden sollte. Etwas schnürte mir die Luft ab, und die panische Angst vor dieser Beichte hatte sich wie eine riesige Zecke auf meiner Brust festgesetzt. Dem anderen etwas so Schlimmes zu gestehen hat immer zwei Seiten. Die Ehrlichkeit zwischen den Ehepartnern, mit der sich manche Naivlinge gerne brüsten, kann ebenso großen Schaden anrichten wie der Betrug selbst, wenn nicht noch größeren. Meine Mutter würde sagen, dem anderen das Herz auszuschütten komme manchmal einer Medizin gleich, die den Kranken umbringt, statt ihn zu heilen. Aber Jahre des Lügens können ihn ebenfalls umbringen. Jedenfalls hätte nichts meine arme Frau stärker verletzen können als der Augenblick, in dem ich ihr sagte, ich sei homosexuell und hätte mich in Francisco Alvarado verliebt.

»In den Schwulen aus dem Fernsehen?«

Ihre Frage klang wie ein Schrei des Entsetzens. Nicht weil Francisco der schwule Krankenpfleger war, den alle

Welt mochte. Das war es nicht, was sie entsetzte, sondern dass mein Liebhaber Vor- und Nachnamen besaß und sie sein Gesicht kannte. Dass er greifbar war, jemand aus Fleisch und Blut, leicht wiederzuerkennen, jemand, der ihr auf der Straße begegnen konnte oder donnerstagsabends um zehn, wenn sie den Fernseher einschaltete, wo sie ihn sehen und hören und seinen Körper betrachten und sich ihn mit mir im Bett vorstellen konnte. Dass dieser Mann wirklich existierte, dass er ihr so nah war, wie Fernsehstars den Leuten nun einmal sind, und überdies eine beliebte Persönlichkeit, all das verlieh meiner Enthüllung das Gewicht einer unerträglichen Wahrheit.

»Der Schwule aus dem Fernsehen? Dieser Francisco Alvarado? Der Krankenpfleger?«

Ich weiß nicht mehr, was ich darauf antwortete. Ich glaube, ich sagte schlicht: »Ja.« Oder ich sagte gar nichts und schwieg. Meine Enthüllung hatte Dolores zutiefst erschüttert. Ihre Gesichtszüge waren ihr entglitten, und einen Moment lang fürchtete ich, sie werde in Ohnmacht fallen. Die dramatischen Folgen meiner Beichte zeigten sich sofort, in ihre Augen trat ein merkwürdiger, unbeschreiblicher Blick. Dann brach sie in heftiges Schluchzen aus. Während sie weinte, bedeckte sie ihr Gesicht mit beiden Händen, als wolle sie sich vor dem verstecken, was sie gehört hatte, und hielt den Kopf gesenkt. Ich ließ sie weinen, ohne zu ihr zu gehen oder irgendetwas zu sagen. Und ich versuchte, weder Mitleid noch Selbstverachtung zu empfinden, um uns beiden in diesem grauenvollen Moment wenigstens das letzte bisschen Würde zu bewahren.

»Seit wann?«, fragte sie schließlich.

»Seit drei Jahren«, antwortete ich mit monotoner Stimme.

»Nein. Seit wann weißt du, dass du homosexuell bist?«

»Seit vielen Jahren, Dolores. Seit meiner Zeit an der Uni, vielleicht schon länger. Aber so etwas akzeptiert man nicht von einem Tag auf den anderen, man verarbeitet es nicht so schnell, und es kommt auch nicht plötzlich über einen. Es ist ein langer und sehr schmerzhafter Prozess.«

»Warum hast du es mir nicht früher gesagt?«

Was sollte ich ihr darauf antworten? Weil ich es nicht gewagt habe? Weil ich mich in dich verliebt hatte? Aus Angst, alles zu verlieren? Wegen der Mädchen? Weil ich mich stets von anderen Männern ferngehalten habe, bis Francisco auftauchte? Wenn ich mich recht erinnere, sagte ich ihr all das.

»Samuel, ich weiß im Moment nicht, was ich denken soll. Ich bin viel zu getroffen, um klar denken zu können. Ich bin verwirrt, ich weiß nicht, was ich tun soll. Was du mir da gesagt hast, ist zu entsetzlich. Ich werde lange brauchen, um es zu verarbeiten, um zu verstehen, was passiert ist, um mich in einer neuen Realität zurechtzufinden, verstehst du? All die Jahre warst du mein Ehemann, und mit einem Schlag erfahre ich, dass der Mann, mit dem ich geschlafen habe, gleichzeitig mit einem Mann geschlafen hat. Das ist alles andere als einfach. Ich verstehe es nicht«, sagte sie weinend. »Aber um eines bitte ich dich inständig, sag weder Carla noch Diamela irgendetwas davon, kein Wort von alledem, bitte, kein einziges Wort, nicht jetzt, sie würden es nicht verstehen, es wäre grauenhaft für sie, sie sind noch Teenager und würden schrecklich darunter leiden.«

»Und wir?«

»Wir? Was wir? Was sollen wir schon machen? Ich weiß nur, dass ich nicht weiß, wie ich jetzt, wo ich das alles weiß, noch weiter mit dir zusammenleben kann.«

Sie schwieg und sah mich an, als sähe sie mich zum ersten Mal, und in gewisser Weise sah sie mich ja zum ersten Mal, denn das, was sie jetzt sah, war auch ein Teil von mir. Nach ein paar Minuten schien sie sich zu beruhigen.

»Ehrlich gesagt, weiß ich nicht einmal, ob es besser oder schlechter gewesen wäre, wenn du mich mit einer anderen Frau betrogen hättest. Es geht ja auch nicht darum, dass du dich in jemand anders verliebt hast, das kann jedem passieren, es geht um die große Farce, um den Betrug, die Täuschung. Ich fühle mich hintergangen. Wie konntest du nur? Wie warst du nur fähig, all die Jahre eine so gewaltige Lüge aufrechtzuerhalten? Hast du denn gar nichts empfunden, wenn du mit mir zusammen warst? Hast du mich nicht geliebt?«

Erneut brach sie in Tränen aus. Ich stand immer noch stumm neben ihr und wusste nicht, was ich tun oder sagen sollte. War ich erleichtert? Nein. Fühlte ich mich gut? Nein. Hatte ich das Gefühl, ihr eine Wahrheit zu gestehen, von der sie nicht die leiseste Ahnung gehabt hatte, sei ein heroischer Akt gewesen? Auch nicht. Ich ging hart mit mir ins Gericht, härter als hart, und sie machte alles noch schlimmer. Ich spürte, wie der Boden unter meinen Füßen einbrach. Es war der entscheidende Moment meines Lebens, und ich war unfähig, meine Beichte ins Positive zu wenden, ihr Größe zu verleihen, sie zu etwas zu machen, aus dem trotz des unendlichen Schmerzes, den ich Dolores zufügte, etwas Gutes hervorgehen würde. Es blieb nur das Grauen, jetzt war es da, mehr als jemals zuvor. Irgendwo hatte ich gelesen, die Kehrseite des Grauens sei Gefühllosigkeit. Ein hübscher Satz, der aber in meinen Ohren vollkommen hohl klang, da das Grauen keine Kehrseite hat, sondern alles verschlingt, überall gleich ist, ganz egal, von wo man es betrachtet. Dolores' steinerner Blick und ihre steinerne Miene ließen mich zum ersten Mal in meinem Leben vor der Wirklichkeit schaudern. Solange ich meine Homosexualität geheim gehalten hatte, hatte sie für mich nicht wirklich existiert. Trotz meiner Liebe zu Francisco war sie nicht real gewesen, war sie da gewesen und zugleich auch nicht. Jetzt war sie Wirklichkeit geworden. Ich hatte mein früheres Ich aufgegeben und eine neue Identität angenommen, die eines bekennenden Homosexuellen, der seiner Frau gegenübersteht und auf irgendeine Reaktion von ihr wartet, wie ein Neugeborenes, das sich von der Stelle bewegen soll und nicht laufen kann.

»Was wirst du jetzt tun?«, fragte Dolores.

»Ich weiß es nicht.«

»Hast du vor, weiter in diesem Haus zu wohnen? Werden wir uns trennen? Wirst du zu dieser Tunte ziehen?«

Ich fand es schrecklich, dass sie ihn so nannte.

»Nein. Auf keinen Fall.«

»Aber du willst auch nicht mit ihm Schluss machen, oder?«

»Nicht er ist das Problem, Dolores, das Problem bin ich.«

»Das weiß ich. Aber du denkst doch hoffentlich nicht an Selbstmord«, sagte sie schroff, »du hast doch wohl nicht vor, dich umzubringen und mich mit dieser Nachricht zurückzulassen?«

»Nein. Natürlich habe ich nicht vor, mich umzubringen, sonst hätte ich es schon vorher getan, bevor ich dir etwas gesagt hätte … Ich weiß nicht, was ich machen werde. Das hängt auch von dir ab.«

»Hätte mich jemand gebeten, mir zwanzigtausend Dinge vorzustellen, die mein Mann mir eines Tages eröffnen könnte, wäre mir so etwas als Letztes eingefallen, als Allerletztes, Samuel, verstehst du? Ich weiß nicht, ob dir klar ist, wie ungeheuerlich das alles ist! Weil du einfach nur dasitzt wie ein Idiot und so tust, als sei das, was du mir eben gesagt hast, überhaupt nichts Besonderes. Erklär mir mal eins, aber sei ehrlich, bitte versuch, ehrlich zu sein. Wie kannst du gleichzeitig einen Mann und eine Frau lieben? Ich meine, wie kannst du gleichzeitig mit einem Mann und einer Frau Sex haben? Kannst du mir das erklären?«

Ich wusste selbst nicht, wie ich meine Beziehung zu Frauen, zu ihr, erklären sollte. Bei Francisco war das ganz anders. Francisco hatte das Beste in mir zur Entfaltung gebracht, und bestimmte Seiten meiner Sexualität konnte ich mit ihm viel leichter begreifen. Francisco sagte oft zu mir, und ich wusste, er meinte es ernst, dass er, sollte ich ihn irgendwann wegen eines wahnsinnig attraktiven Mannes verlassen, zugleich eifersüchtig und neidisch auf mich wäre. Ich wusste, dass Dolores mit dieser Erklärung nichts anfangen konnte, aber ich hätte alles dafür gegeben, ihr begreiflich machen zu können, dass die Art, wie Homosexuelle miteinander umgehen, nichts Unanständiges hat. Dass eine Liebe wie die, die Francisco und ich füreinander empfanden, sich im Grunde nicht von der Liebe unterschied, die sie und ich vor etwa fünfzehn Jahren füreinander empfunden hatten.

»Ich weiß es nicht, Dolores. Wenn ich dir erklären könnte, wie ich bin, wenn ich es selbst verstehen würde, ich glaube, dann würden wir dieses Gespräch gar nicht führen.«

»Ich muss mich erst mal beruhigen«, sagte Dolores wie zu sich selbst. »Ich brauche Zeit, um das zu begreifen. Ich muss allein sein. Nachdenken. Morgen früh fahre ich aufs Land und bleibe den Rest der Woche dort. Kümmer du dich um Carla und Diamela. Wir werden ihnen irgendetwas erzählen, dass ich im Haus etwas ausbessern muss, irgendwas, aber ich muss einfach ein paar Tage allein sein.«

»Du wirst mir nie verzeihen«, sagte ich.

»Es geht nicht ums Verzeihen, es geht darum, mit dieser neuen Realität im Gepäck weiterzuleben. Damit meine ich nicht dich, sondern das Wissen darum, dass ich fünfzehn Jahre lang mit einem Schwulen verheiratet war, ohne es zu merken und ohne dass er mich in sein Geheimnis eingeweiht hat. Das hat nichts mit Verzeihen zu tun, Samuel. Das Ausmaß des Betrugs – ein anderes Wort fällt mir dafür nicht ein – wird durch Verzeihen kein bisschen geringer. Soll ich dir mal sagen, was dir vielleicht verrückt vorkommt? Ich bin dir nicht mal dankbar dafür, dass du es mir jetzt gebeichtet hast.«

Den Augenblick, in dem Dolores diesen letzten Satz aussprach, und den trockenen, schroffen Klang ihrer Worte habe ich noch klar und deutlich in Erinnerung. Denn in diesem Augenblick zerbrach unsere Beziehung, weder vorher noch nachher, sondern in dem Moment, als sie zu mir sagte: »Ich bin dir nicht mal dankbar dafür, dass du es mir jetzt gebeichtet hast«.

Nachdem sie eine Weile lang schweigend dagesessen hatte, erhob sie sich von ihrem Stuhl und verließ den Raum. Ich blieb mit einem so unendlichen Gefühl der Traurigkeit zurück, dass ich einen Moment lang glaubte, ich müsse sterben.

Sehr spät am Abend, es war schon nach halb eins, verließ ich das Haus. Diamela war heimgekommen, und Dolores hatte sich seit drei Stunden ins Schlafzimmer zurückgezogen. Ich wusste nicht genau, wohin ich gehen sollte. Es war eine ruhige Nacht, und die sommerliche Stille, die um diese Uhrzeit herrschte, legte sich wohltuend auf meine angeschlagene Seele.

Wenn ich heute zurückblicke, erinnere ich mich an alles mit schmerzlicher Schärfe und durchlebe noch einmal die Angst vor dem, was am nächsten Tag geschehen würde. Meine Töchter, die Kollegen von der Zeitung, selbst die fremden Gesichter, denen ich künftig auf der Straße begegnen würde, erhoben sich vor mir wie himmelhohe, unüberwindliche Barrieren. Meine Töchter. Es ihnen nicht zu sagen würde bedeuten, weiter zu lügen. Andererseits waren sie noch zu jung, um es zu akzeptieren, um es zu verstehen oder beides. Und die Leute von der Zeitung? Jetzt muss ich lauter Erklärungen abgeben, dachte ich, während ich mit großen Schritten durch die Calle Principes de Gales lief, umhüllt von einer Ruhe, die nicht zu meinem inneren Aufruhr passte. Erfahren würden sie es auf jeden Fall, früher oder später, aber ich musste ja nicht gleich morgen ins Büro spazieren und meinen Kollegen erklären, dass ich schwul war und dass sie mir trotzdem weiterhin den verdienten Respekt erweisen müssten, da ich sonst die Zeitung verließe. Wie ein Roboter ging ich weiter bis zur Calle Tobalaba und bog dann in die Calle Américo Vespucio ein. Fast zwei Stunden später erreichte ich die Avenida Kennedy, und dort erinnerte ich mich an ein Hotel in der Nähe. Ich war ungefähr drei Häuserblocks davon entfernt und steuerte darauf zu.

Um sechs Uhr morgens saß ich noch immer auf der Bettkante in dem Hotel, das ich ein paar Stunden zuvor aufgesucht hatte. Die Stadt erwachte langsam zum Leben, schon hörte man die ersten Hupen, wahrscheinlich standen die Leute jetzt auf, um zur Arbeit zu gehen. Ich würde duschen, das Hotel verlassen und mit dem Taxi zur Zeitung fahren. Das Leben würde weitergehen, wie ein Zug, der immer weiterfährt. Aber ich würde nie wieder der Reisende sein, der ich einmal war.

TERESA

Frühmorgens, noch vor dem Aufstehen, schaltete ich das Radio ein und hörte die Nachricht vom Tod des Richters. Rafa war noch nicht ins Büro gefahren und ich noch ein paar Tage krankgeschrieben, sodass wir beide zu Hause waren. Zunächst wunderten wir uns. Im Radio war die Rede von schweren Depressionen.

»Er hat sich umgebracht«, sagte ich laut, aber diese Worte erschütterten mich nicht, sondern übten eine fast magische Wirkung auf mich aus. Dieser Selbstmord passte hundertprozentig zu der Persönlichkeit des Mannes, den ich in seinem Büro beim Gericht aufgesucht hatte, und irgendwo tief im Innern empfand ich Erleichterung, um Amalias und um des Richters willen.

Gegen acht verließ ich das Haus und machte mich auf den Weg zu einer kleinen Kirche in der Calle Santa Isabel. Dort ging ich manchmal hin, um eine Weile die Stille zu genießen. Es war noch früh, die Kirche war gerade erst geöffnet worden. Ich saß eine ganze Stunde dort, um halb zehn verließ ich die Kirche und begab mich zu dem Fotogeschäft in der Astor-Passage. In meiner Tasche lag der Beleg, den ich zwischen Amalias Papieren gefunden hatte. Eigentlich hatte ich beim Verlassen des Hauses gar nicht vorgehabt, zu dem Fotogeschäft zu gehen. Der Gedanke war mir erst in der Stille und der friedlichen Umgebung der Kirche gekommen.

Die Ladenbesitzerin war eine liebenswürdige Ausländerin, eine große, schlanke und bildhübsche Frau, die ziemlich gut Spanisch sprach, aber mit unüberhörbarem deutschen Akzent. Ich bezweifelte stark, dass sie die alten Fotos aufgehoben hatte, aber ich hatte Glück. Die Frau sagte mir, sie werfe niemals Fotos weg.

»Die Lektion habe ich gelernt, glauben Sie mir«, sagte sie und erzählte, sie habe einmal Fotos von einem Kind weggeworfen, das etwas über ein Jahr alt gewesen sein mochte. Die Eltern seien zehn Monate lang nicht erschienen, um sie abzuholen. Im Jahr darauf aber sei die Mutter eines Tages in den Laden gekommen und habe nach den Fotos gefragt. »Ich habe sie fast nicht erkannt. Sie sah so mitgenommen aus, dass ich dachte, sie habe gerade eine schlimme Krankheit überwunden. Und wissen Sie, was passiert war? Etwas Grauenvolles. Das Kind war in ein Schwimmbecken gefallen und wäre beinahe ertrunken. Man hatte es im letzten Moment retten können, aber sein Gehirn hatte bleibende Schäden davongetragen. Jetzt wollte die arme Mutter die Fotos abholen, die kurz vor dem Unfall von dem Kind gemacht worden waren, und ich hatte sie alle weggeworfen.«

Ich schwieg einen Augenblick, dann fragte ich:

»Und diese Fotos hier? Haben Sie die noch?«

»Ganz bestimmt«, sagte sie. »Warten Sie einen Moment. Wenn Sie sich zehn Minuten gedulden, werde ich sie sicher finden. Das Einfachste ist wohl, ich gucke nach der Jahreszahl, die Kisten sind nämlich nach Jahren sortiert.«

Nach einer Viertelstunde kehrte die Frau mit einem Umschlag in der Hand aus dem Obergeschoss zurück.

»Hier. Das müssten sie sein. Die Nummer ist identisch mit der auf Ihrem Abschnitt, sehen Sie?«, sagte sie lächelnd.

Ich nahm den Umschlag in Empfang, und nachdem ich bezahlt und mich bedankt hatte, steckte ich ihn in die Handtasche und ging zur Plaza de Armas, einen nur wenige Häuserblocks entfernten Platz. Dort setzte ich mich auf eine Bank und öffnete den Umschlag.

Tief in meinem Herzen, in der Nackengegend oder in irgendeinem anderen Winkel meines Körpers muss ich es gewusst haben, und genau diese Überzeugung muss mir die Ruhe verliehen haben, die Fotos eines nach dem anderen aus dem Umschlag zu ziehen und ausgiebig zu betrachten, mit dem Gefühl, jetzt eile es nicht mehr. Nichts eilte jetzt mehr. Eine tiefe Gelassenheit breitete sich in meinem Innern aus. Von nun an konnte ich die Tränen kommen lassen, wenn mir nach Weinen zumute war, den Schlaf, wenn ich schlafen wollte, und die Stille, wenn ich lieber schweigen wollte. Ich hatte das ganze Leben Zeit, mir diese Schwarzweißfotos anzuschauen, die Amalia vergessen hatte. Auf etwa fünfzehn von ihnen war Juan Manuel Rementería zu sehen, der an einer Natursteinmauer lehnte. Vor demselben Hintergrund und in unveränderter Haltung, nur aus verschiedenen Blickwinkeln aufgenommen. Auf anderen

Fotos sah man sie beide zusammen stehen, sie den Kopf an seiner Schulter, er lächelnd. Sie lehnten am Gitter des Affenkäfigs, einige Affen schauten sogar von einem Ast aus in die Kamera, und Amalia und der Richter posierten so, als würden sie unbekümmert mit der Kamera flirten.

Ich kann gar nicht beschreiben, welch unendliche Sehnsucht nach Amalia mich überwältigte, als ich diese Fotos betrachtete. Das war sie, wie sie leibte und lebte. Das war ihr Gesicht in den Augenblicken, wenn sie glücklich war. Ihr Gesicht, wenn Onkel Floro ins Zimmer kam und ihr irgendeine seiner Verrücktheiten vorschlug. Ergriffen betrachtete ich sie. Diese Fotos hatte sie also abholen wollen, als sie in die Pfütze fiel und er ihr aufhalf. Wer weiß, was sonst noch alles hinter diesen Fotos steckte. Hier jedenfalls sah man sie beide zusammen, und dem war nichts mehr hinzuzufügen. Gedankenversunken betrachtete ich ihre Gesichter. Es ist nicht kalt, es ist nicht warm, es ist Amalia, dachte ich und spürte, wie in meiner Kehle ein Meer von Tränen anschwoll.

Nach einer Weile steckte ich die Fotos wieder ein und fuhr zu Rafas Büro. Als ich den Raum betrat, stand er gerade vor seinem Zeichentisch und betrachtete die Zeitungsausschnitte, die noch immer dort lagen, wo ich sie an dem Tag gesehen hatte, als ich zum Richter gefahren war. Das Radio lief, gerade brachten sie noch einmal die Nachricht von seinem Tod: *Er wird morgen im Beisein des Präsidenten der Republik bestattet.*

Ich ging zu Rafa und umarmte ihn von hinten. Schweigend standen wir da, bis ein neues Thema an die Reihe kam.

»Ich habe dir etwas mitgebracht«, sagte ich und zog den Umschlag aus meiner Handtasche.

Er drehte sich um, und ich reichte ihm eines der Fotos von Amalia und dem Richter, die ich aus dem Umschlag genommen hatte. Fassungslosigkeit breitete sich auf seinem Gesicht aus, mit gewölbten Augenbrauen und offenem Mund starrte er völlig verdutzt auf das Bild.

»Woher hast du das?«, fragte er mit bebender Stimme und sah sich nun auch die anderen an.

»Ich habe den Zettel vom Fotogeschäft zwischen Amalias Papieren gefunden und die Bilder abgeholt.«

»Sie waren ein Liebespaar«, sagte Rafa und setzte sich in einen niedrigen Stuhl in Fensternähe, und dann sagte er noch einmal wie zu sich selbst: »Sie waren ein Liebespaar. Du hattest völlig recht, Teresa. Der Richter und Amalia waren ein Paar. Was machst du jetzt mit den Fotos?«

»Ich werde sie hüten wie das allergrößte Geheimnis.«

»Du willst sie nicht zur Polizei bringen? Aber damit sieht doch alles wieder vollkommen anders aus. Diese Fotos und der Brief würden sämtliche Zweifel daran zerstreuen, dass Amalia und der Richter ein Verhältnis hatten. Wäre es nicht besser, du würdest damit zur Polizei gehen?«

»Nein, auf keinen Fall. Die beiden sind tot. Wozu die Erinnerung an zwei Menschen beschmutzen, die sich geliebt haben, durch den einzigen Beweis ihrer Liebe, diese Fotos, die sie nicht einmal selbst gesehen haben? Nein, Rafa, diese Fotos gehören weder ihnen noch uns und schon gar nicht der Polizei, sie sind Teil eines Heiligtums, das wir nicht entweihen dürfen. Wem wäre denn geholfen, wenn wir sie öffentlich machten? Alberto? Der Gerechtigkeit?

Was ist überhaupt Gerechtigkeit, Rafa? Nein. Die Fotos werden diesen Umschlag nie verlassen. Sie werden unser Geheimnis bleiben.«

Eine Stunde später verließ ich mit den Fotos in der Tasche Rafas Büro und begann, ohne festes Ziel durch die Straßen zu wandern. Ich wollte einfach nur gehen. Es war ein wunderschöner, ruhiger Nachmittag, die Straßen waren fast menschenleer, wie immer im Februar. Längst Vergangenes kam mir wieder in den Sinn, und ich dachte an Rafa, an uns, an unsere jüngsten Gespräche, an Amalia … Einmal glaubte ich, ihr Gesicht im Blattwerk einer alten Kastanie aufschimmern zu sehen. Ich setzte mich in den Schatten des Baumes, schloss die Augen und überließ mich dem Leben.

Rückgabe spätestens am

05. Sep. 2012		
06. März 2013		
16. April 2013		
12. April 2013		
25. April 2014		

FZ DIN 1500

ekz Best.-Nr. 806643.2